LA VIE

DE LA VIERGE

1862

LA VIE DE LA VIERGE.

LA VIE
DE LA VIERGE

Mise en Vers

PAR BIZET JEUNE.

BREST,
Vve NORMAND, Libraire, rue de la Mairie, 35.

1862.

I.

NAISSANCE DE MARIE.

Aux murs de Nazareth, au temps où les Hébreux
Subissaient les rigueurs d'un destin malheureux,
Et que, selon Jacob, la basse Galilée
Croyait à tous les yeux sa misère voilée,
Sans s'alarmer des maux envoyés dans ce lieu,
Pour signaler à tous la colère de Dieu,
Sous le toit délabré d'une simple cabane
De leur bonheur vivaient Joachim et Sainte-Anne.

1

Joachim était bon...... Sainte-Anne, ainsi que lui,
Dans son amour pour Dieu puisait un ferme appui.
Riches de leur croyance, et dans leur sainte ivresse
Ces époux bienheureux vivaient avec tendresse.
Tous deux, pour le couvrir d'un baiser triomphant,
N'avaient à désirer que le front d'un enfant !

Déjà, dans les devoirs de leur pieux ménage
Ils avaient épuisé vingt ans de mariage,
Quand le Seigneur, sur eux répandant sa bonté,
Releva ces époux de leur stérilité.
Vers le mois de Tisri, l'atmosphère embaumée
D'holocaustes nombreux absorbait la fumée,
Quand Sainte Anne, en douleurs, au déclin d'un beau jour,
Mit au monde une fille objet de son amour.
Son berceau n'était pas couvert de broderies,
De bandelettes d'or, de riches armoiries,
Les puissants de l'Etat, ardents à discourir,
Dans un style pompeux n'y vinrent pas mentir ;

Les pauvres seulement partagèrent la joie
Qu'à l'âme d'une mère un si beau jour envoie,
Et le premier sourire échappé de son cœur
Fut pour les indigents présents à son bonheur !

On vit au même instant la clarté solennelle
Emplir l'immensité de la voûte éternelle.
Des chastes Séraphins le chant mélodieux
Se répandit dans l'air comme un concert pieux.
La nature apparut en tout émerveillée :
L'Univers salua la Vierge immaculée !

A son humble foyer, ainsi qu'en Israël
Le prescrivait alors l'usage paternel,
Implorant le Très-Haut pour sa fille chérie,
Joachim la nomma Miriam ou Marie. —
Ce nom, pour les marins, est devenu bien cher,
Il dit, en hébraïsme, étoile de la mer.

Quand on l'écrit, soudain le style s'en colore.
Craint-on quelque danger, aussitôt on l'implore
Réclamant un salut à son secours puissant.
On s'en trouve affermi rien qu'en le prononçant :
C'est un rayon de miel étendu sur la lèvre,
Un bruit doux à l'oreille, à regret on s'en sèvre ;
Son charme est si réel qu'il porte au fond du cœur
L'ineffable transport du plus parfait bonheur.

Quatre-vingts jours après, à la loi de Moïse
Sainte-Anne obéissait, et dans le temple admise,
A genoux, remettait au sacrificateur
Les tourtereaux offerts en présent au Seigneur.
Pour rendre grâce à Dieu, d'être mère, la Juive
N'avait pas d'un or pur la couronne votive ;
Son offrande attestait que dans la pauvreté,
Le cœur s'emplit d'espoir avec humilité.
Mais, un avis du Ciel lui parvint dans le temple :
Le Très-Haut voulait d'elle un salutaire exemple.

Elle écouta l'avis, et pour tenir lieu d'or,
Elle promit à Dieu son enfant, son trésor.
Sa ferveur se montra grande comme l'enceinte,
Son offre prit du lieu la solennité sainte :
Sa fille, son seul bien, en un jour fortuné,
Comme un présent du Ciel à son amour donné,
Au culte du Seigneur fut hautement promise.

A la voix du Seigneur Sainte-Anne était soumise.

Joachim attendri fit aussi le serment
De consacrer sa fille au saint enseignement,
Dès-lors, que sa raison, mûrissant avec l'âge,
Saurait de ses instants faire un utile usage.
Le sacrificateur, d'un geste solennel,
Reçut l'engagement pris aux pieds de l'autel
Il bénit de ses mains Joachim et Sainte-Anne,
Qui partirent joyeux regagnant leur cabane.

II.

PRÉSENTATION DE MARIE AU TEMPLE.

Le Cison grossissait son cours impétueux
Des torrents descendus des monts toujours neigeux ;
Le vent de l'Équinoxe attristait la colline
Et chassait devant lui l'arbre qu'il déracine ;
L'hiver, accompagné de ses sombres rigueurs,
Interdisait la marche aux prudents voyageurs.
Cependant Joachim, et sa femme et sa fille
Quittaient avec bonheur l'âtre de la famille,

Et vers Jérusalem s'acheminaient tous trois,
Pour tenir leur promesse envers le Roi des Rois.

Afin de protéger la débile Marie,
Contre l'affreux chemin qui mène à Samarie,
Les pieux voyageurs aux vallons du Carmel
Cherchèrent un abri que l'on dit éternel.
Là les verts orangers, les fleurs, les pâturages
N'ont jamais à subir la rigueur des orages.
Sous ce Ciel enchanteur autrefois Issachar
De ses bergers errants vint planter l'étendard,
Avant que le Seigneur, en un jour de colère,
Ne les balayât tous, comme paille légère,
Afin d'éteindre en eux l'esprit audacieux
Qu'avaient ces insensés d''interroger les Cieux !

Les trois Galiléens avaient dans leur voyage
Des enfants de Joseph traversé l'héritage,

Quand devant eux parut la ville aux grands remparts,
Où de ravissement sont frappés les regards.
Ils franchirent ces murs : en festons magnifiques
Le marbre blanc partout décorait les portiques.
Les splendides palais et leurs dômes dorés
Semblaient autant de lieux au culte consacrés.
Les tours, les arsenaux, dans leur magnificence,
Révèlaient pleins d'éclat la publique opulence.
La maison du Seigneur, comme un Temple géant,
Élevait jusqu'au Ciel son fronton rayonnant.
Jérusalem était la cité de l'Asie
Où le cœur devient fort, où la foi s'extasie.

Joachim fit le choix d'un modeste séjour,
Où trois cœurs se devaient nourrir du même amour.
Pour se purifier, selon le saint exemple,
Et se rendre tous trois dignes d'entrer au Temple,
Ils restèrent sept jours cachés à tous les yeux
Dans un jeûne sévère et dans des soins pieux.

Joachim se pourvut de l'agneau qu'on immole,
Il recueillit son âme, épura sa parole,
Et, suivant de son cœur les vertueux élans,
Fort de sa pureté, se vêtit d'habits blancs.

Le Temple était un lieu de splendide apparence,
Renfermant des trésors d'une valeur immense :
L'or d'Ophir, les parfums, les marbres et l'airain
Réunis, lui donnaient un aspect surhumain.
Il était inondé par des flots de lumière :
Dans les jours solennels de fête et de prière,
Une jeunesse ardente en son pieux essor,
Portait avec fierté de nombreux rameaux d'or
Qui, des parfums épais en transperçant les voiles,
Paraissaient comme autant de brillantes étoiles.

Les prêtres assemblés sous le sacré parvis,
De lévites nombreux pompeusement suivis,

Au sacrificateur offrirent la victime,
Gage d'un saint respect, d'une alliance intime;
De ses mains il rangea sur un vaste plat d'or
Les chairs du jeune agneau palpitantes encor;
Il les couvrit de sel, les bénit, et la flamme
Ainsi qu'un encens pur pénétra dans chaque âme.
Sainte-Anne vers l'autel précipita ses pas,
Et présenta sa fille en étendant les bras.
Pour offrir au Très-Haut, dans son ardeur fervente,
Ce qu'elle avait promis, une jeune servante,
Elle dit, le cœur plein de son bonheur parfait :
« Je viens rendre au Seigneur le présent qu'il m'a fait! »

Le prêtre au nom du Dieu par qui tout se féconde,
Et qui prescrit ses lois à la marche du Monde,
Accepta le dépôt que les tendres époux
Confiaient à ses mains en baisant ses genoux :
« O! puissant Israël, dit-il, que la prière
« Du Seigneur sur Marie attire la lumière,

« Ici, qu'elle grandisse, à l'ombre de la paix,
« Dans le Temple sacré rempli de vos bienfaits! »
Aussitôt un cantique, en actions de grâce,
Pour louer le Seigneur retentit dans l'espace :
Les harpes de Sion, de leurs divins accords,
Excitèrent les cœurs aux plus saints des transports,
Et le peuple éclairé reconnut dans Marie
L'Ève de Salomon, la vierge d'Isaïe!

De fleurs le Temple offrait un odorant amas,
Marie était admise au nombre des Almas. (*)

* Jeunes vierges élevées à l'ombre sacrée de l'autel.

III.

MARIE AU TEMPLE.

Dans l'enceinte imposante où le culte Hébraïque
A ses dogmes sacrés formait la foi publique,
Marie humble et pieuse, à l'ombre des autels,
Suivait l'enseignement des rites essentiels
Sans affectation, soumise à la prière,
Elle offrait au Seigneur son âme tout entière;
Pleine d'humilité, bien que d'un sang royal,
Son dévoûment à Dieu ne trouvait pas d'égal :

La race de David resplendissait en elle,
Mais pour mieux rehausser l'éclat de son saint zèle.

A l'heure où le soleil, de son premier rayon
Pour effacer la nuit, embrase l'horizon,
Où le chant de l'oiseau qui s'éveille et qui prie
Rend grâce à l'Éternel d'avoir reçu la vie,
Marie, à son exemple; offrait du fond du cœur
Les prémices du jour au divin Créateur.

Ce premier soin rempli, les travaux de son âge
Absorbaient ses instants à leur apprentissage.
Dans les lois de Moïse, avec avidité,
Sa naissante raison cherchait la vérité.
Jamais un goût fâcheux n'entachait sa toilette,
Dans son ajustement toujours grâce complète :
Une robe, couleur d'hyacinthe au ton doux,
Un long voile tombant plus bas que ses genoux,

Une tunique blanche, une large ceinture
Et rien que sa candeur pour unique parure :
Son maintien ravissant par sa simplicité,
Sans qu'elle s'en doutât, rehaussait sa beauté.
Comme la fleur des champs par sa fraîcheur native
Exerce sur chacun une force attractive,
Ses compagnes vers elle, aux heures du plaisir,
Avec ravissement s'empressaient d'accourir.
Mais toujours à Marie appartenait entière
La récitation de la sainte prière :
« Qu'en ce monde, ô ! mon Dieu, par vous édifié,
« Votre nom soit de tous, béni, sanctifié,
« Disait-elle, et qu'un jour votre grâce infinie
« A nos vœux incessants accorde le Messie. »

Après avoir ainsi donné son âme à Dieu,
Et rendu le silence aux voûtes du saint lieu,
Elle imprimait la vie à des fuseaux fragiles
Avec rapidité mus par ses doigts agiles,

Et le lin de Peluze (*), en tissu transformé,
Se présentait à l'œil de dessins parsemé.
Là ne se bornaient pas les talents de Marie :
A l'adresse des mains, les ardeurs du génie
Se révélaient en elle, et des livres sacrés
Son esprit compulsait les textes vénérés ;
Quand elle s'en trouva suffisamment nourrie,
Elle vit la grandeur d'une éternelle vie ;
Pour témoigner à Dieu son respect, son amour,
Une sainte ferveur l'embrasa sans retour,
Et le *Magnificat*, chant de source divine,
Dans son cœur inspiré trouva son origine.

Marie était au Temple un modèle accompli,
Son zèle à ses devoirs n'avait jamais faibli ;
Pour elle de ses dons la prodigue nature
Se plut à la combler sans vouloir de mesure.

(*) Ville d'Egypte produisant de très beau lin.

Son être tout parfait tenait du merveilleux,
Ainsi qu'un ange admis dans les secrets des cieux :
Grâce, beauté, vertu, de sa chaste personne,
Comme autant de joyaux composaient la couronne.
Chacun avait pour elle un respect surhumain
Et de fleurs à plaisir parsemait son chemin.
Jusques aux bons vieillards, comme en un jour de fête,
Qui, la voyant passer, se découvraient la tête,
Eux qui, de tous saluts, fièrement affranchis,
Portaient ce droit écrit sur leurs cheveux blanchis.

La perle a pour maison l'enveloppe nacrée
Gisant au fond des eaux sur sa couche azurée ;
On l'incruste avec art sur le bandeau des Rois,
Car c'est un ornement rare et cher à la fois.
Ainsi, de l'Univers provoquant les délices,
Marie apparaissait sous les mêmes auspices ;
De son éclat divin, le charme séduisant
Subjuguait, à la fois, le faible, le puissant ;

Dieu l'avait arrachée au plus profond de l'onde,
Pour en faire la Reine et la perle du monde :
Il l'admit en partage à sa divinité
Et lui donna la gloire avec la royauté !

Lorsque le soir avait sur les coteaux plus sombres
Amoindri la chaleur et répandu ses ombres,
D'un paisible sommeil respirant les pavots,
Marie espérait prendre un moment de repos ;
Mais, comme un vain espoir promptement s'évapore,
Sa bouche se taisait..... son cœur priait encore.....

IV.

MARIE ORPHELINE.

L'un sur l'autre le temps accumulant les jours,
Semblait vers l'inconnu précipiter son cours.
Dans la maison de Dieu saintement élevée,
Marie à des grandeurs se sentait réservée ;
Elle était à l'abri de tout mauvais propos,
Le plus léger chagrin respectait son repos.
Du paisible ruisseau qui sous l'herbe murmure
Et verse au sol actif une onde toujours pure,

Elle empruntait le calme et la fertilité :
Tous ceux qui l'entouraient grandissaient en bonté.
Quelquefois ses parents, vers leur fille chérie,
Venaient de Nazareth l'âme tout attendrie,
Malgré les âpretés d'un assez long chemin,
Pour lui baiser le front et lui presser la main.
Dans ces rapprochements rares, mais pleins de charmes,
Chaque mot échangé causait de douces larmes.
Satisfaits d'un bonheur qui retombait sur eux,
Sainte-Anne et Joachim en étaient plus heureux,
Et Marie, en retour de leur juste allégresse,
Rendait à ses parents des preuves de tendresse.

Joachim surtout ne désirait pas mieux,
Il cultivait les champs reçus de ses aïeux ;
Il ne quittait jamais son paisible héritage
Que pour sanctifier ses instants de chômage :
Il s'en allait au Temple, comme les vrais Hébreux,
Pratiquer d'Israël les rites somptueux.

Pour son cœur paternel cette sainte habitude
Offrait deux grands bonheurs à sa béatitude :
Celui de servir Dieu, puis de se rapprocher
De l'Être bien aimé qu'il tenait à cacher.
Ainsi que Joachim, d'un tel bienfait avide,
Anne, à force d'amour, se montrait intrépide,
Quand de leurs sons bruyants les trompettes du soir
Appelaient tout un peuple à son pieux devoir;
Quand les Hébreux venus du Nil et de l'Euphrate,
De peur qu'on supposât leur conscience ingrate,
Courbés, à deux genoux, priaient devant l'autel,
Sanctuaire adoré, trône de l'Éternel,
Et qu'ils ouvraient leurs cœurs à des flots de lumière
Pour y sentir entrer l'encens et la prière.
La mère de Marie, en partageant ces soins,
Affrontait sans frayeur des milliers de témoins.
Comme on fixe les yeux sur un riche camée,
Les siens ne quittaient pas sa fille bien-aimée :
« Ce trésor, disait-elle, hélas ! n'est plus mon bien,
« C'est à Dieu seulement que ma fille appartient ! »

Quand l'office divin avait atteint son terme,
Et que du Temple saint chacun sortait plus ferme,
Sainte-Anne et Joachim, alors vers Nazareth
Retournaient sous le poids d'un pénible regret.

Neuf ans s'étaient passés sans que jamais une heure
De sombre inquiétude attristât leur demeure.
Cependant Joachim sentait que chaque jour
Ses forces s'épuisaient sans espoir de retour ;
A sa digne compagne il dérobait ses craintes,
Il renfermait en lui ses légitimes plaintes
Et ne s'attristait point..... D'ailleurs grâce à sa foi,
D'abandonner ce monde il n'avait nul effroi.
Pendant assez long-temps, voyageur sur la terre,
Il avait fait sa loi d'une existence austère ;
Il savait obtenir le séjour radieux
A ses élus par Dieu réservé dans les Cieux.
Le moment arriva : d'un accès de faiblesse
Il sentit tout-à-coup s'éteindre sa vieillesse ;

Sur son lit de douleur pour ne plus se dresser,
Ferme et parfait croyant il alla se placer.
De là, le front orné d'une sainte auréole,
Le vieillard un instant ranima sa parole.
A ceux qui l'entouraient, il dit à haute voix
Ses erreurs du présent, ses erreurs d'autrefois :
C'était l'usage admis par le culte hébraïque
D'avouer ses péchés d'une façon publique;
Puis étendant la main, d'un geste triomphant
Il fit en souriant signe à sa chère enfant :
A genoux, lui dit-il, « de hautes destinées
« Vont désormais remplir le cours de tes années,
« Crois-moi, le Ciel déjà m'a parfois révélé
« L'avenir qu'à dessein il te garde voilé ;
« Comme jusqu'à ce jour, va, ma tendre Marie,
« Avec amour sers Dieu.... Soic toujours pure, et prie... »

Et dans la mort du juste, avant de s'endormir,
Le vieillard exhala sa foi dans un soupir !

Dans le simple logis où le morne silence
Comme un grand orateur avait son éloquence,
Un rayon de lumière apparut : tous les yeux
Virent de Joachim l'âme monter aux Cieux.

Le lendemain, suivi d'un funèbre cortége
Muet comme tous ceux que la douleur assiége,
Le corps de Joachim par des prêtres porté
Quittait Jérusalem avec solennité.

Arrivé sur l'endroit où la fosse qui s'ouvre
Nous reçoit; où la terre aussitôt nous recouvre,
Après avoir conduit le deuil avec ferveur
Et rendu Joachim au divin Créateur,
Un prêtre s'avança..... pour unique prière,
Il adressa ces mots à l'assistance entière :
« O! béni soit Celui dont le pouvoir si grand
« Nous enlève la vie, et plus tard nous la rend. »

Comme une eau qui déborde et doucement s'écoule,
Dans un calme profond se dispersa la foule.
Seulement il fallut de deux femmes en pleurs
Respecter les sanglots, partager les douleurs.
De leur profond chagrin voulant porter l'indice,
D'un camelot, connu sous le nom de cilice,
On les vit aussitôt se vêtir toutes deux :
C'était le plus grand deuil connu chez les Hébreux.
Pendant sept jours entiers, assises sur la terre,
S'abandonnant aux pleurs dans un profond mystère,
On les revit encor pâles, sans mouvement,
Sur le corps, cher objet de leur attristement.
Durant onze longs mois une stricte abstinence
Sembla de leur malheur être la pénitence.
Plus elles se sentaient souffrir pour le vieillard
Qui leur fit son adieu dans un tendre regard,
Plus elles se disaient qu'avec obéissance,
Elles servaient de Dieu la gloire et la puissance.
Mais un nouveau fléau devait sous peu surgir,
Un malheur au malheur s'empressa de s'unir.

Un soir, lorsque Marie au sein de ses compagnes
Revenait d'explorer les riantes montagnes,
En face du logis par sa mère habité,
Elle vit un rayon de rougeâtre clarté :
Des femmes sur le seuil, funèbres messagères,
Par métier simplement récitaient des prières.

Marie au désespoir eut à peine le temps
De presser la mourante en ses bras caressants,
De lui parler d'amour la tenant enlacée,
De couvrir de baisers sa figure glacée :
Anne, morte, déjà n'habitait plus ce lieu,
Son âme était au Ciel dans la splendeur de Dieu !

Marie, en se voyant par le sort délaissée,
N'avait plus qu'un besoin, qu'une seule pensée ;
Elle se retira dans le Dieu d'Israël,
Se donnant tout à lui par un vœu solennel.

Afin de mériter une faveur divine,
Sous l'égide de Dieu se plaça l'orpheline,
Pour vivre désormais loin de l'impiété,
Dans la sainte prière et dans la chasteté !

V.

LE MARIAGE DE LA VIERGE.

Après son infortune, on confia Marie
Aux sublimes vertus du pieux Zacharie ;
Ce n'était pas le seul dont les soins précieux
Voulussent conserver cette fleur pour les Cieux :
La souche d'Aaron avait gardé l'exemple
De consacrer les siens au service du Temple.

Deux ou trois ans plus tard, avec raison jugeant
Qu'il fallait visiter la mère de saint Jean,
D'un sentiment pieux fortement possédée,
Marie avec ardeur traversa la Judée.
Aux montagnes d'Hébron, son séjour prolongé
Des prêtres, ses tuteurs, ne fut pas mal jugé ;
Ils savaient que du lieu recevant sa visite
La froide impiété fut à jamais proscrite,
Et de Marie en tout respectant le dessein,
Son départ leur parut un projet chaste et saint.

Marie avait atteint sa quinzième année,
Son âme au Seigneur seul s'était toute donnée,
Quand ses nombreux tuteurs, de son bonheur jaloux,
Durent, selon la loi, lui choisir un époux.
A leur projet d'hymen elle fit résistance
Et de leur bon vouloir déclina l'assistance :
Son vœu, depuis long-temps fortement arrêté,
Était de vivre en paix et dans la chasteté,

Bien qu'un semblable état, condamné par Moïse,
Se trouvât l'un de ceux que l'opprobre éternise.
Mais, son cœur ferme et pur résista-t-il en vain,
Comme un livre fermé par les sept sceaux d'airain,
Contre un nouveau destin rien ne put la défendre,
Aux prêtres d'Israël il lui fallut se rendre.
La fille de David suspendit tout effort
Et, cédant, les laissa disposer de son sort.

Aussitôt un Conseil composé de ses proches
Au-dessus des soupçons et des moindres reproches,
Dédaignant la jeunesse et la mâle beauté,
Sources de grand bonheur et de longévité,
Déclara hautement qu'il fallait à Marie,
Un époux d'âge mûr, mais de race aguerrie,
Un patricien déchu, du travail de ses bras
Vivant au jour le jour sans faste, sans tracas,
N'ayant que des vertus pour unique richesse
Et déjà, par les ans, voisin de la vieillesse.

Le choix fut bientôt fait : le Conseil tout entier,
Nomma, de Narareth, Joseph le charpentier !

D'autres ont prétendu, se targuant d'un prodige,
Que d'un amandier mort se ranima la tige,
Et que le lys éclos sur le bout d'un bâton
Vint des pieux tuteurs éclairer la raison ;
Que ce bâton fleuri, silencieux oracle
En faveur de Joseph, parlait comme un miracle ;
Qu'un jeune patricien, dans le même moment,
Réduit au désespoir, avec emportement,
Le regard convulsif et la bouche muette,
S'avança vers Joseph et brisa sa baguette.

Marie avec douceur et résignation,
Reçut de ses tuteurs la résolution ;
Elle vit en Joseph, un protecteur, un père,
Un gardien vigilant de sa vertu sévère,

Et comprit que le Ciel dans sa toute bonté
Consacrait par l'hymen son vœu de chasteté.
Elle quitta le Temple et les chants mélodiques,
Pour ne plus s'adonner qu'aux travaux domestiques.
Les parfums, les splendeurs de la sainte Maison
N'avaient fait qu'élargir son cœur et sa raison.
Elle comprit que Dieu, de sa main tutélaire,
Voulait la détourner d'un état ordinaire;
Et confiante, enfin, dans son bonheur prochain,
Au charpentier la Vierge abandonna sa main.

Jaloux de conserver les anciennes pratiques,
Comme des biens venus d'héritages antiques,
Par-devant ses tuteurs, Marie et ses témoins
Parurent sans vouloir s'entourer d'autres soins.
D'une pièce d'argent Joseph lui fit hommage :
De leur sainte union ce fut le simple gage,
Et Marie, en retour, lui consacra sa foi.
Le Ministre de Dieu, selon l'auguste loi,

Les bénit tous les deux, et, fidèle à l'usage,
A plusieurs mois de là remit le mariage.

Le grand jour arriva..... pour la solennité,
Jérusalem s'emplit de sainte majesté.
Tout ce que l'Orient, dans sa magnificence,
Peut mettre à découvert de luxe et d'opulence
Fut déployé..... Le Temple, à l'éclat des flambeaux,
Vit briller ses autels et l'or de ses arceaux;
De suaves parfums, sortant des cassolettes,
Remplissaient son enceinte, imprégnaient les toilettes;
Les torches de sapin de leurs rougeâtres feux
Répandaient dans les airs leurs flocons résineux.
Un globe incandescent par-dessus les montagnes
Projetait sa lueur sur les vertes campagnes,
Car c'était d'un beau jour le soir tranquille et pur,
Où les astres du Ciel se montraient sur l'azur.
La foule se pressait, les tiares persanes
Embellissaient le front des humbles paysannes;

Et l'œil dans les replis de la procession
Ne pouvait plus compter les filles de Sion.

Les Hébreux observaient la coutume biblique
Des fêtes rehaussant la majesté publique.
Marie à se parer apporta tous ses soins,
Comme un hommage à rendre à ses nombreux témoins.
Elle n'aspirait pas à ce qu'on eût dit d'elle,
De toutes en ces lieux, la voilà, la plus belle :
Car jamais dans son cœur, tout plein d'humilité,
Elle n'avait donné place à la vanité.
Mais des Rois de Juda la jeune descendante
Devait se rappeler la race transcendante ;
Ses riches vêtements, d'or, de perles chargés,
Au rang de ses devoirs, par elle étaient rangés.

Sur son front qu'ombrageait sa blonde chevelure
Le myrte fut placé pour être sa coiffure ;

Son voile nuptial, de ses plis la couvrant,
Était comme un nuage à demi transparent.

Sous un dais recouvert d'étoffe précieuse,
Marie, en se plaçant, modeste et radieuse,
Admit à ses côtés deux femmes dont l'honneur
Était de remplacer et sa mère et sa sœur.
A leur suite marchaient les harpes et les flûtes,
Les cinnors confondant leurs harmoniques luttes,
Ainsi que sous David, au temps où sa grandeur
Rassemblait des concerts pour louer le Seigneur.
Le cortége agitait, en signe d'allégresse,
La branche de palmier d'une extrême souplesse.
L'époux portait au front un transparent bandeau,
Brillant de pureté comme la goutte d'eau;
Les échos ébranlés par des voix sympathiques
Du grand Roi Salomon répétaient les cantiques.
Tout, dans ce jour de fête, avait un sens divin,
Tout, jusqu'au Président choisi pour le festin.

Mais avant de passer dans la splendide salle
Où devait présider la voix sacerdotale ,
En secret les époux se parlèrent tous deux
Et se firent alors de mutuels aveux.
« Tu seras, dit Joseph , pour moi, comme ma mère ,
« Je te respecterai pour te rendre plus chère ,
« Comme j'ai respecté l'autel de Jéhovah ,
« Où la prière éteint chaque jour qui s'en va ;
« D'un lien fraternel je me ferai l'usage ,
« La chasteté sera la règle du ménage. »

Les fêtes , les plaisirs avaient duré sept jours ,
Pas un seul accident n'en attrista le cours.
Après ce temps passé , Joseph avec Marie
Reprenait le chemin qui mène à Samarie :
Ils avaient grand besoin de revoir Nazareth ,
Et de revivre en paix méditait le projet.
Les parents , les amis , obligeante cohorte ,
Vainement leur formaient une bruyante escorte ,

Quand, vers le second jour de son joyeux essor,
La troupe distingua le front du Mont Thabor,
Laissant apercevoir sa tête échevelée,
Sous la voûte au ton gris, ciel de la Galilée.
Plus loin, l'œil découvrait la cime du Liban
Dont les neiges sans fin lui servaient de turban,
Et du fertile Hermon les rives arrosées
Offraient le calme abri de ses pentes boisées.
Là, les chèvres broutaient les pousses du matin,
L'herbe grasse aux agneaux procurait un festin,
Et des champs de froment l'ondulente verdure
Sous la brise attiédie étalaient leur parure.
A la fin, Nazareth apparut au regard
Et Marie y rentra, pure comme au départ;
Elle se dirigea vers la vieille cabane
Où revivaient encor les vertus de Sainte Anne;
Au devant de ses pas, la population
Accourut lui porter sa bénédiction,
Et Marie, au lieu même où lui vint la lumière,
Reprenait le travail, sa couronne première.

VI.

L'ANNONCIATION.

Pendant les premiers mois de leur chaste union,
Les deux époux vivaient de satisfaction ;
Joseph se conformait aux pénibles pratiques
D'un état fournissant aux besoins domestiques :
Laborieux, actif, il s'adonnait entier,
Malgré le poids des ans, à son rude métier.
De son côté, Marie, au travail attentive,
Dans son humble maison ne restait pas oisive ;

Sans regret du passé, sa délicate main
S'appliquait à natter les roseaux du Jourdain,
A transformer en fil le lin de la quenouille,
Tiré par une main lorsque l'autre le mouille,
A convertir le grain en savoureux gâteaux,
A laver des tissus au courant des ruisseaux,
A pratiquer sans fiel et sans contrainte amère
Tout ce qu'on a vu faire aux princesses d'Homère.
Elle acceptait son sort avec docilité,
Et semblait chaque jour bénir sa pauvreté ;
Au milieu des travaux qui remplissaient sa vie,
Comme un pressant besoin de son âme ravie,
Marie avec ferveur se livrait à prier
Par amour pour son Dieu !..... Pour se sanctifier.....
Elle accueillait le pauvre avec munificence,
Lui donnant une part prise à son indigence ;
De chaque malheureux qui barrait son chemin,
Elle écoutait la plainte et lui tendait la main ;
Sa ferme charité, pour tous inépuisable,
La rendait un trésor au malheur secourable.

A la chute du jour, alors que les oiseaux
Recherchent avec soin l'abri des arbrisseaux,
A la table de bois faite pour cet usage,
Couverte d'un pain noir, de fruit et de laitage,
L'honnête charpentier, joyeux, venait s'asseoir
Pour prendre du repos et son repas du soir.
Ardente à le servir était sa ménagère,
Toute crainte aux époux devenait étrangère,
Et d'un bonheur commun s'enivrant à loisir,
Se confier à Dieu devenait leur plaisir.

Ainsi, dans leur cabane, éloignés de la foule,
Ne prenant nul souci de l'heure qui s'écoule,
Remplissant leurs devoirs avec sincérité,
Tous deux se complaisaient dans leur félicité;
Du plus parfait bonheur leur paisible ménage
Etait dans tous les cas une fidèle image.
Cependant le moment marqué par l'Eternel,
Pour un jour, dans les jours, à jamais solennel,

Arriva..... Dieu voulut de sa bonté puissante
Offrir au monde entier une preuve éclatante,
Et l'incarnation du Christ, notre Sauveur,
Fut un fait accompli dans toute sa grandeur.....
Aussitôt Gabriel, ange au riant visage,
Abandonna le Ciel pour remplir son message,
Il quitta tout joyeux la sphère aux palais d'or,
Ses splendides clartés, en prenant son essor;
Rapide, il s'élança des voûtes éternelles
Et fondit dans l'espace en déployant ses ailes.
Long-temps il parcourut l'immensité des airs,
Où Dieu produit parfois la foudre et les éclairs;
Il dirigea son vol, prompt comme la pensée,
Vers une région dans le lointain placée.
Parvenu près du globe où l'homme impudemment
Affiche son erreur comme un vrai sentiment,
L'ange laissa tomber, dans sa grâce divine,
Son regard sur un lieu cher à la Palestine,
Sur la pauvre maison de Joseph l'ouvrier. —
Un descendant des Rois, devenu charpentier! —

C'était l'heure du jour où le soleil décline
Et laisse pénétrer l'ombre dans la colline,
L'heure où Marie allait, en sa sainte ferveur,
Chaque soir adresser sa prière au Seigneur.
L'ange se présenta dans la chambre où la Vierge
Priait du fond du cœur à la lueur d'un cierge :
« Je vous salue, ô femme! en prière en ce lieu,
« Vous avez devant vous, dit l'envoyé de Dieu,
« L'ange propagateur des plus célestes flammes,
« Et vous êtes bénie entre toutes les femmes! »

A cet avis, Marie exhalant sa frayeur,
Crut qu'un ange voulait éprouver sa pudeur ;
Elle en conçut soudain les plus vives alarmes,
Se croyant outragée, elle fondit en larmes.
« Rassurez-vous, dit l'ange, un Fils de vous naîtra,
« La faveur du Très-Haut vous environnera,
« Il sera Dieu, ce Fils, il sauvera la terre :
« De l'Incarnation j'apporte le mystère..... »

Il ajouta, parlant avec l'autorité
Et l'accent qu'en tous cas donne la vérité :
« Voulez-vous contempler dans leur excès d'ivresse
« Deux époux dont le Ciel féconde la vieillesse,
« Allez d'Elisabeth visiter la maison,
« Depuis six mois son sein renferme un rejeton. »

Marie, après ces mots, courba sa blonde tête,
Disant : « Que du Seigneur la volonté soit faite. . . . »
Et l'ange disparut dans des flots de lumière.
Il reprit en partant sa majesté première ;
Son vol fut éclatant et prompt comme l'éclair. . . . .

Et pour notre salut le Verbe se fit Chair !

VII.

LA VISITATION

Des paroles de l'ange encor tout attendrie,
A partir sans retard se résolut Marie.
Ce n'est pas qu'un soupçon, dans son cœur agité,
La portât à douter de la réalité ;
Elle ne doutait point. . . . . Mais sa reconnaissance,
Pour ceux dont la bonté protégea son enfance,

L'invitait à courir vers le séjour heureux
Où vivaient retirés ses parents vertueux :
C'était la ville d'Ain. . . . . A la saison des roses,
Alors que le printemps embellit toutes choses,
Elle partit. . . . . Joseph se fit son compagnon,
Marchant à ses côtés, à l'appui d'un bâton.
En traversant les monts, les routes détournées,
Pendant le temps bien long de cinq grandes journées,
Les deux époux étaient soutenus par l'ardeur
A nos peines, pour but, promettant un bonheur.

Arrivés dans la ville où vivait le Lévite,
Désirant signaler le prix de leur visite,
Sans prendre aucun repos, les ardents voyageurs
Allèrent épancher le besoin de leurs cœurs.
Devant Elisabeth, la Vierge parvenue,
D'un respect presque saint, se sentant soutenue,
Les mains sur la poitrine, inclinant les genoux,
Dit : « Qu'à jamais la paix, ma sœur, soit avec vous..... »

D'Elisabeth soudain la parole animée
Répondit à Marie : « O viens ! ma bien-aimée..... »
L'esprit de prophétie aussitôt apparut :
Elisabeth alors pour un moment se tut,
Puis, après, à Marie elle dit : « Tu tressailles ;
« Qu'il soit aussi béni, le fruit de tes entrailles,
« Deviens la bienheureuse, ayant reçu l'aveu
« Que tu seras la mère, et la mère de Dieu !
« Le Ciel qui t'a parlé par la voix de son ange
« A fait battre ton cœur d'un espoir sans mélange :
« Je le sais.... Et le fruit renfermé dans ton sein,
« Puisque Dieu l'a voulu, sera par trois fois saint. »

Comme un feu créateur, qu'un obstacle comprime,
Dans un foyer secret tout-à-coup se ranime,
Marie, en son esprit, sentit subitement
Naître d'un chant divin le sublime élément :
Une inspiration l'embrasa de sa flamme,
Et le *Magnificat* jaillit de sa belle âme.

« Mon âme glorifie à vos pieds le Seigneur,
« Je mets ma joie en Dieu, mon maître et mon sauveur.

« Puissant, il a daigné regarder ma bassesse
« Et de tout son pouvoir relever ma faiblesse.

« Il veut qu'un grand dessein se manifeste en moi,
« Lui dont le nom est saint, lui qui prescrit la loi.

« Sa divine bonté se répand d'âge en âge,
« Comme le don parfait d'un pieux héritage.

« La force de son bras a frappé les méchants,
« Pour s'être abandonnés à leurs mauvais penchants.

« Par lui les Grands ont vu s'anéantir leurs trônes,
« S'éteindre leur orgueil, se briser leurs couronnes.

« Sa justice a comblé les pauvres bien-aimés,
« Desséché les trésors des riches affamés.

« Il a pris Israël en sa grâce infinie
« Et par lui d'Abraham la race fut bénie. »

Au lieu des Ethéens, sous l'ombrage des bois,
La Vierge avec bonheur vécut pendant trois mois.
A sa maison des champs, l'affable Zacharie,
Pour la savoir en paix, avait logé Marie.
C'est là qu'à son esprit Dieu puissant révélé,
Apparaissait la nuit dans un ciel étoilé,
Dans l'immense forêt, sur la plaine liquide
Où le vaisseau bondit dans sa marche rapide,
Où le regard douteux se plonge à l'horizon
Émerveille l'esprit et confond la raison.
Devant ces grands tableaux, produits par la nature,
Ayant Dieu pour auteur, l'infini pour mesure,

La fille de David comprenait qu'en son sein
Se pouvait accomplir l'œuvre de l'Esprit saint.

Derrière la villa de l'homme respectable
Constamment, pour Marie, empressé, doux, affable,
Se trouvait un jardin, séjour délicieux,
Véritable larcin qu'il avait fait aux Cieux.
Des arbres les plus beaux, venus de Palestine,
L'œil pouvait admirer l'exotique origine;
Dans ce superbe enclos, des myriades de fleurs
Confondaient leurs parfums, mariaient leurs couleurs;
Les cours d'eau serpentant sous les branches pendantes,
Le jour y préservaient des atteintes brûlantes.
C'était là que Marie avec épanchement
Venait d'Elisabeth amoindrir le tourment;
Car celle-ci craignait, attendu son grand âge,
Que son état ne fût un sinistre présage.
Ces deux femmes causaient avec un abandon
Rempli de piété, de force et de raison :

L'une, jeune et naïve, était dans l'ignorance
Du mal que fait le coup qui brise une espérance ;
L'autre avait de la vie épuisé les grandeurs
Et dans un sort brillant goûté tous les bonheurs,
Tous, excepté celui, si parfait, qu'il procure
De la maternité les douceurs sans mesure.

Dans les soirs de l'Été, sous un feuillage épais,
Pour prendre son repas, sous un air pur et frais,
La table se dressait : la famille opulente
Y venait partager une chair succulente.
L'agneau dans les vallons abondamment nourri,
Le chevreuil mis à mort et par le fer meurtri,
Les oiseaux, au filet, pris par l'Israélite
Qui d'être bon chasseur se faisait un mérite,
Les poissons émaillés du pêcheur sidonien
Savourant dans la pêche un attrait quotidien,
Les rayons d'un miel pur et l'onctueux laitage
Transformé par des soins en savoureux fromage,

Les figues, les raisins, les fruits de Jéricho,
Les pistaches d'Alep, les dattes, l'abricot,
Le melon d'eau du Nil et la canne sucrée
Qu'Hérodote appelait une manne sacrée,
Le vin d'or du Liban, le chypre parfumé,
Dans des vases de pierre avec soin renfermé ;
Tous ces mets, tous ces vins paraissaient à la table
Où présidait gaiement un vieillard respectable.
Marie, à ces festins pleine d'humilité,
Seule se distinguait par sa frugalité.

Après qu'Elisabeth, sans beaucoup de souffrance,
A l'heureux Jean-Baptiste eut donné la naissance,
Marie, avec respect, dans un sensible adieu,
Par devoir s'éloigna des hôtes de ce lieu !

VIII.

GROSSESSE VIRGINALE DE MARIE.

Rentrée à Nazareth, l'active ménagère
Trouva, dans tous ses soins, sa tâche plus légère ;
Elle savait unir, dans son humble maison,
Au temps pour le travail le temps pour l'oraison,
Elle ne manquait pas d'écouter la parole
Du Psalmiste sacré revêtu d'un saint rôle.
Heureuse d'accomplir en tous points son devoir,
Elle en bénissait Dieu le matin et le soir.

Cependant de Marie avançait la grossesse,
Joseph ne pouvait plus contenir sa tristesse,
Plongé dans un état constant d'anxiété,
Le doute, malgré lui, torturait sa bonté.
Dans son âme si droite, il avait trouvé sage
De s'affranchir au moins d'un cruel témoignage ;
Il se gardait pourtant, dans sa mauvaise humeur,
D'accuser hautement un ange de candeur.
Mais l'état de Marie à tous enfin visible
Commandait le respect pour son maintien paisible,
Les amis de Joseph, pour le complimenter,
Furent à son logis prompts à se présenter :
Il les remercia de leur sollicitude,
Avec les mots choisis dont il fit son étude,
Dans un calme parfait, sans affectation,
Et même avec un air de résignation,
Mais le cœur ulcéré, les yeux remplis de larmes.
Ne voulant qu'au Seigneur confier ses alarmes,
Il se dit, en cédant aux efforts du soupçon :
« Qui donc a pu porter le mal dans ma maison? »

Puis, dominé soudain par sa vive tendresse,
Pour la chaste moitié, trésor de sa vieillesse :
« Mon sort, ajouta-t-il, est l'histoire d'Adam
« Tombé dans son bonheur sous les coups de Satan. »

Suivant la loi des Juifs, dure, mais salutaire,
De la peine de mort on frappait l'adultère ;
A la porte du Temple elle était, à genoux,
Exposée au mépris du plus juste courroux ;
En déchirant le voile ombrageant son visage,
Le prêtre accomplissait un flétrissant usage,
Puis il la maudissait. . . . . L'ordre du Sanhédrin
Était alors suivi comme un arrêt divin,
Et les cheveux épars, pour comble à ses misères,
La coupable à longs traits buvait les eaux amères.

Joseph était trop bon et surtout trop pieux
Pour exposer Marie à des jours odieux ;

Il voulait, au contraire, enlever à ses proches
Le droit de l'accabler de leurs moindres reproches.
Il gardait en lui seul un pénible tourment,
Devenu pour son cœur un long abattement.

De son côté, Marie, inquiète elle-même,
Ne pouvait à Joseph cacher son trouble extrême,
Ni lui communiquer la révélation
Du mystère profond de l'Incarnation.
Au risque de se voir un jour abandonnée,
Après avoir été sans raison soupçonnée,
Elle laissait à Dieu le soin de protéger
Sa constante vertu contre un prochain danger.

Il en advint ainsi : de son séjour auguste,
L'Éternel laissa choir son œil sur l'homme juste ;
Avant de l'élever jusqu'au suprême honneur,
D'une paternité, si pleine de splendeur,

Dieu voulait dissiper la sombre inquiétude
Dont Joseph subissait l'étreinte par trop rude.
Il le savait en proie au désordre mental,
Qui pousse forcément vers un dessein fatal;
Il lui communiqua la secrète pensée
D'immoler son honneur à la femme offensée,
Et de sacrifier jusques au pain du jour,
En s'imposant les maux d'un exil sans retour.
Oui, pour sauver Marie, il se sentait capable,
Même de pardonner un crime impardonnable,
D'aller chercher au loin un toit hospitalier
Sous lequel il pourrait s'isoler et prier.

Mais le Seigneur voulut, dans sa toute-justice
Débarrasser Joseph de son cruel supplice,
Et pour l'en affranchir, avant l'enfantement,
Il lui fit expliquer ce grand évènement.
Un ange le rendit l'heureux dépositaire
Du secret qu'avec soin Marie avait su taire,

Et Joseph confiant avec docilité,
Reprit son calme heureux etsa tranquillité.
Il se dit : « O ! comment, dans mon erreur profonde,
« Ai-je donc ignoré que le Sauveur du monde
« Devait, par sa naissance, éterniser ce lieu.
« Il a fallu qu'un ange, un envoyé de Dieu
« Vînt me dire : O ! Joseph, n'accusez pas Marie,
« Nulle souillure humaine encor ne l'a flétrie ! »
A ces mots rassurants qui lui venaient du Ciel
Et doux à sa douleur comme un rayon de miel,
Il sentit du bonheur la pénétrante flamme,
Et la sécurité renaître dans son âme.
Il crut..... Dès ce moment, raffermi par sa foi,
De protéger Marie, il se fit une loi.
La révélation, bien que produite en songe,
Pour son cœur rassuré n'était pas un mensonge :
L'ange, en lui prédisant le splendide avenir
Qui devait, avant peu, devant lui resplendir,
Avait, comme un beau jour, qui sur nous se déploie,
Changé son trouble en paix et sa terreur en joie !

IX.

LA NAISSANCE DU MESSIE

Sur le globe asservi, l'empire des Romains
De son aigle puissante indiquait les chemins ;
César, ne régnant plus que par sa fantaisie,
Portait sa volonté jusqu'au fond de l'Asie.
Les paisibles Chinois s'étaient tournés vers lui
Dans le but d'implorer son protecteur appui ;
La Judée, elle-même, au joug assujétie,
Payait cher la puissance à César départie,

Et le Roi des Hébreux, par Rome dédaigné
Devait à la terreur de rester couronné :
Partout il était craint, et son bras redoutable
Ne se montraït qu'armé d'un pouvoir détestable.

Un édit de César ordonna violemment
Que ses peuples soumis, pour leur dénombrement,
Se rendraient sans retard aux chefs-lieux des provinces,
Fussent-ils rejetons de la race des Princes.
Tout gouverneur Romain, esclave et non sujet,
Fut le docile agent d'un criminel projet,
Avec servilité, véritable sicaire,
Chacun d'eux se montrait ardent et téméraire.
Dans leur obéissance aux usages des Juifs
Et pour s'inscrire au lieu dont ils étaient natifs,
Les deux tendres époux évoquant leur courage,
Firent tous les apprêts d'un pénible voyage.
Bethléem à David avait donné le jour,
Et tous ses descendants y devaient tour-à-tour,

Sur les livres ouverts, aller se faire inscrire,
Sous peine d'être atteints en se voyant proscrire.
L'automne allait finir, le vent du nord soufflait,
Sur toute la contrée, un ciel gris s'étendait :
Les neiges, par le vent, sur terre amoncelées,
De leur froid glacial remplissaient les vallées.
De Rome, c'était l'an sept cent quarante-huit,
A voyager à pied, Joseph était réduit,
Et Marie acceptait, pour sa frêle monture,
L'animal dont la marche était lente, mais sûre.
A la selle de l'âne, un modeste panier
Façonné par Joseph des lattes d'un palmier,
Avait été fixé, contenant le pain d'orge
Et les fruits savoureux dont le pays regorge.
Le froid fit à Joseph se couvrir d'un manteau,
Sur son épaule un sac imprimait son fardeau ;
D'une main conduisant son âne par la bride,
Et, de l'autre, tenant son bâton pour seul guide,
A travers des chemins, perdus le plus souvent,
Il dirigeait Marie, en conducteur prudent.

Ce voyage, entrepris dans la saison neigeuse,
Rendait leur marche lente et parfois périlleuse.
Après cinq jours pourtant, les pieux voyageurs
De la cité des Rois revirent les splendeurs ;
Au caravansérail, placé devant la ville,
Ils allèrent d'abord demander un asile.
Le caravansérail était rempli d'Hébreux,
Dans le logis public arrivés avant eux ;
Dans toute la cité, il n'était plus un gîte
Dont eût pu disposer un seul Bethléémite.
Joseph au désespoir, de partout repoussé,
Dans le fond de son cœur s'en trouvant offensé,
S'éloigna de la ville, où, malgré sa grossesse,
La Vierge ne trouvait que mépris et rudesse.
Peu loin de Bethléem, et creusé dans le roc,
Joseph vit un abri façonné d'un seul bloc,
Antre sombre, profond, sauvage, humide et terne,
D'animaux malfaisants devenu la caverne.
Harassé, ce fut là, quand sur le firmament
L'étoile de la Vierge apparut brillamment,

Que le couple béni, selon la prophétie,
A l'heure de minuit se souvint d'Isaïe.
Sur toute la nature un repos solennel
Comme s'il avait dû demeurer éternel,
S'étendit, et la Vierge, au fond d'une tannière,
Cachée à son époux sous des flots de lumière,
Mit au monde l'Enfant, d'un sang plus que royal,
Conçu par Dieu lui-même en un sein virginal.
Dieu préparait au monde un jour divin de fête :
Le Roi pauvre, annoncé par la voix du prophète,
Naissait, sans que sa mère eût senti les douleurs
Qui, des enfantements, sont les avant-coureurs.
Le palais du Roi pauvre avait un toit de chaume :
Quand l'Univers entier devenait son royaume,
Sur la paille étendu, l'enfant vermeil et beau
N'avait autour de lui ni langes ni berceau.
Aussitôt qu'il fut né, sa jeune et tendre mère,
Dans le ravissement d'une ivresse sincère,
S'inquiétait déjà de lui donner un nom :
« Êtes-vous un mortel, se dit-elle, ô Dieu ! non;

« Car je vous ai conçu par la grâce divine,
« Vous descendez de Dieu : voilà votre origine ! »

Aux pacages voisins, veillant à leurs troupeaux,
Des bergers attendaient le retour des travaux ;
Mollement étendus sur une verte mousse,
Ils goûtaient le repos d'une oisiveté douce,
Quand, tout-à-coup, un ange apparut à leurs yeux,
Éclairant dans son vol l'immensité des Cieux.
A son aspect, frappés de terreur et de crainte,
Ils prêtèrent l'oreille à la vision sainte,
Qui leur dit aussitôt : « Ne craignez pas.... je viens
« Unir la terre au Ciel par les plus forts liens.
« Dans la ville où David a reçu la naissance,
« Le CHRIST a vu le jour, et sa toute-puissance
« Sur l'Univers entier, quelque jour s'étendra :
« A la loi de Jésus le monde renaîtra,
« Partez..... Par son exemple, ici que chacun prêche,
« Pour adorer Jésus, accourez à la crèche. »

Les bergers rassemblés, avec rapidité,
Pour fêter le grand jour de la nativité,
Dirigèrent leurs pas vers la grotte au miracle,
Où devait les frapper un merveilleux spectacle.
Le cœur rempli d'amour, les vigilants pasteurs
Portaient au nouveau-né des présents et des fleurs;
Parvenus à l'étable, où l'enfant, pour parole,
Avait à son front pur une vive auréole,
Tous pénétrés d'amour, d'espérance et de foi,
Tombèrent à genoux devant leur nouveau Roi.
Portant les yeux au fond de la grotte tranquille
Dont la sainte famille avait fait son asile,
Ils y virent la Vierge, avec suavité,
Fixant sur son enfant des regards de bonté;
Au-dessus d'eux, Joseph penchant sa noble tête,
Pour admirer son Fils, objet de sa conquête,
Laissait apercevoir sur ses traits radieux
Le bonheur qu'en son cœur avaient versé les Cieux,
Et le groupe divin, sur la couche commune,
Recevait la clarté des rayons de la lune.

Les pâtres de Juda se groupèrent entre eux,
Et d'adorer Jésus se montrèrent heureux;
Les apparitions, les visions étranges,
Les ravissants concerts, la parole des anges,
Tout servait de sujet aux discours enchanteurs
Qu'en face de Jésus prononçaient les pasteurs.
Ils allèrent en joie au milieu des montagnes
Du récit de la nuit émouvoir les campagnes,
Ils étaient déjà loin, que les échos du lieu
Répétaient tous leurs chants à la gloire de Dieu!

X.

L'ADORATION DES MAGES.

Les Mages Chaldéens avaient pris l'habitude
De consacrer leurs jours aux douceurs de l'étude.
« Le monde, disaient-ils, tourne sur un essieu,
« Nous avons pénétré dans les secrets de Dieu ! »

Depuis long-temps déjà le savant Zoroastre
Avait prédit qu'au Ciel apparaîtrait un astre,

Étoile au feu brillant, de première grandeur,
Annonçant que sur terre il naîtrait un Sauveur;
Que Dieu désignerait une Vierge féconde
Pour accomplir cette œuvre à la face du Monde,
Et qu'à ce nouveau Roi, les Mages, certain jour,
Porteraient des présents, gage de leur amour.
Trois illustres savants de la Babylonie
Avaient à peine vu l'étoile définie,
Qu'ils voulurent quitter la ville des débris,
En poussant au départ les habitants surpris.
L'étoile de ses feux guidait la caravane,
Quand celle-ci cherchait l'ombrage du platane
Pour puiser de la force aux sources du sommeil:
L'étoile se montrait encore à leur réveil.

Enfin, Jérusalem se dessina dans l'ombre
Sur un horizon clair, ainsi qu'un grand corps sombre.
La citerne abondante, au matin, de ses eaux
Abreuvait largement cavales et chameaux:

Les Mages effrayés virent alors un voile
S'étendre sur le Ciel et couvrir leur étoile ;
C'était dans leur pensée un signe surhumain,
Indice bien réel d'un danger très prochain.

Comme le nautonnier privé de sa boussole
Ne sait plus à quel point il doit fixer le pôle,
Les Mages, un instant, par le doute ébranlés,
Crurent qu'en cet endroit ils étaient appelés,
Et que Jérusalem, merveille de l'Asie,
Pour berceau du Roi juif avait été choisie.
Désireux d'accomplir leur sainte mission,
Ils franchirent le seuil de l'antique Sion.
Ils pensaient que les sons des harpes mélodiques,
Les rameaux verts jetés sur les places publiques,
Les parfums consacrés, les tentures en or
Indiqueraient le lieu renfermant le trésor ;
Mais non. . . . . Jérusalem était silencieuse,
La foule, seulement se montrait curieuse.

En vain demandaient-ils aux nombreux spectateurs
Qui, de leurs flots mouvants, pressaient les voyageurs :
« Où donc le Roi-Messie a-t-il fait sa demeure ?
« A quel palais faut-il nous transporter sur l'heure ? »
Aucun ne répondait. . . . . Cette situation
Des Mages accroissait la consternation,
Et les Grands de la Perse, excitant leur courage,
Leur disaient de gagner un plus lointain parage.

Mais dans Jérusalem trônait l'infâme Hérode,
Provoquant chaque jour un sanglant épisode,
Tenant tous ses sujets courbés sous la terreur,
Et par de vains plaisirs comprimant leur frayeur.
Comme tous les tyrans, avide d'opulence,
Il se livrait au luxe, à la magnificence ;
De ses nombreux palais les abords fastueux
Frappaient d'étonnement les plus riches Hébreux.
Hérode recherchait les intimes licences
De la brutalité, les impures dépenses ;

Vieillard au front ridé, versant à pleines mains
L'or, dont l'immonde emploi dégradait les humains,
Il croyait dominer tout Monarque en sagesse,
Tout homme en prévoyance et tout riche en richesse.
Bien que fort du pouvoir qu'il s'était octroyé,
Des Mages voyageurs il parut effrayé.
Par le chef des espions qu'il tenait à ses gages,
Il connut promptement la présence des Mages ;
Une sourde rumeur jusqu'au trône arriva :
« Jésus est, disait-on, l'héritier de Juda,
« Pour parvenir au trône où brilla son ancêtre
« Et chasser les méchants, Dieu puissant l'a fait naître ! »

Alors, s'assombrissant, comme un ciel orageux,
En voyant l'avenir devant lui dangereux,
Hérode, en ce moment, convint avec lui-même
D'assurer son repos par un arrêt extrême ;
De ses mauvais instincts le monstre s'inspira :
Cet enfant, pensa-t-il, doit mourir. . . . . Il mourra ! ! !

Eh ! quoi ; dans les cités de terreur absorbées ,
Hérode aurait versé le sang des Machabées ;
Sous les jantes de fer de son char triomphal ,
Il aurait écrasé sans pitié tout rival
Pour rendre plus facile à quelque autre personne
Les tortueux sentiers qui conduisent au trône ,
Et pour se voir un jour , de son haut piédestal ,
Renversé par l'effort d'un ennemi fatal ?
Non..... Cruel avant tout , pour feindre la prudence
Et couvrir son dessein d'une fausse apparence ,
Il voulut affirmer aux Mages , devant lui ,
Qu'ils pouvaient sans danger accepter son appui ,
Et sur son trône assis , d'une voix assurée ,
Il dit aux voyageurs : « Parcourez la contrée ;
« Allez...... près de l'enfant vous devrez pénétrer ,
« Vous m'en informerez..... et j'irai l'adorer. »

Les Mages , enhardis par un pareil langage ,
Reprirent aussitôt le cours de leur voyage.

A peine suivaient-ils des chemins de granit,
Que l'étoile revint brillante, à son zénith.
Ah ! s'écrièrent ils : « Le Ciel qui nous renvoie
« L'astre par Dieu chargé de nous conduire en joie ;
« Suivons-le, suivons-le..... Nous atteindrons le lieu
« Où saintement caché repose l'Enfant-Dieu. »

Ils suivaient avec soin la gerbe lumineuse,
Indiquant un parcours à leur marche douteuse,
Quand, près de Bethléem, l'étoile s'inclinant,
S'abaissa sur la crèche où reposait l'enfant.
Les Mages aussitôt, auprès du Roi-Messie,
Pleins de la foi que Dieu donne et qu'il apprécie,
Et repoussant loin d'eux tout sentiment d'orgueil,
De la crèche, à genoux, embrassèrent le seuil.
Après avoir quitté leurs superbes sandales
Et s'être préparés aux offrandes royales,
Ils placèrent aux pieds de l'Enfant nouveau-né
Des présents dont un Roi pourrait être étonné.

Dans l'excès d'abandon de leur piété vive ,
Les parfums de l'Yémen et l'or pur de Ninive ,
Tous les dons précieux, d'une immense valeur,
Remplirent tout-à-coup la crèche du Sauveur ;
Puis ils prièrent Dieu.....

Jusque-là, pour Marie
La source du bonheur ne s'était point tarie.
Au milieu des splendeurs des temples et des cours ,
Elle avait brillamment passé ses premiers jours ;
Les autres, recouverts d'un ténébreux mystère,
La firent Reine au Ciel et Reine sur la terre,
Mais il était venu le moment des douleurs.....
Marie allait souffrir et vivre dans les pleurs !

Les Mages s'apprêtaient à quitter la Judée ,
En réclamant du Ciel une prudente idée ;
L'Envoyé du Seigneur, dans un songe, leur dit :

« N'allez pas, au retour, longer le lac maudit
« Qui reflète en ses eaux les villes réprouvées,
« Suivez, d'impiété, les routes préservées,
« Et du bruit de vos pas ne troublez pas l'écho
« De l'infernal chemin qui mène à Jéricho ! »

XI.

LA PURIFICATION

Quarante jours avaient suivi sa délivrance ;
Libre de tout souci, pleine d'obéissance,
Pour se purifier et racheter l'Enfant
Qui laissait pressentir son destin triomphant,
Marie, en observant la loi du Lévitique,
Quittait pour un moment son foyer domestique,
Et, vers Jérusalem, accélérant ses pas,
Partait, en emportant son cher Fils dans ses bras.

Ce n'était pas au moins que, craignant d'être impure,
Elle eût à se laver de la moindre souillure;
Aucun fait n'entachait son état virginal,
Mais elle accomplissait l'ordre sacerdotal.
Peu loin de Bethléem, sous un vieux térébinthe,
Elle se reposa sans former une plainte,
Pour apaiser l'angoisse et pour calmer le cri
Du divin rejeton de son lait seul nourri.
Depuis lors, à cet arbre une vertu cachée
Pendant seize cents ans fut toujours attachée.
Les Chrétiens de l'Asie et les Turcs affligés
Venaient s'y prosterner pour être soulagés.
Un succès radical couronnait leur voyage
Guéris, ils repartaient de leur pélérinage.
Après avoir franchi ce relais solennel,
Apparut aux époux le tombeau de Rachel;
Là, chaque Hébreu passant, sur une inculte pierre
Devait, s'agenouillant, laisser une prière,
Et d'une rose blanche, emblème de beauté,
Admirer la fraîcheur dans son éternité :

C'était la jeune femme, à peine à son aurore,
Belle et sainte à la fois, morte au moment d'éclore !

Sortant de Réphaïm, la Vierge, avec douleur,
Par un froid vénéneux se sentit prise au cœur.
Un olivier stérile, au noirâtre feuillage,
Jeta dans tout son être un sinistre présage,
Car les traditions ont prétendu, je crois,
Que ce sombre olivier fut l'arbre de la Croix !....

Quand Joseph et Marie entrèrent dans l'enceinte,
Où la grandeur de Dieu sur tout se voit empreinte,
Le saint Pontife, à qui le Ciel avait parlé,
Soupçonna dans Jésus l'Enfant-Roi révélé,
Et, comme un inspiré dont le regard pétille,
Siméon s'avança vers la sainte famille
Dans les bras de la Mère, il prit le nouveau-né :
« Voici, dit-il, le Roi que Dieu nous a donné ! »

En prononçant ces mots, s'anima son visage,
Sur ses traits on put lire un céleste présage.
« C'est maintenant, Seigneur, dit encor le vieillard,
« En élévant au Ciel son humide regard,
« Que vous me laisserez, selon votre parole,
« Mourir avec la paix de l'espoir qui console,
« Car j'ai vu le Sauveur, qu'en votre intention
« Vous offrez en lumière à chaque Nation ! »

En achevant ces mots, Siméon triste et grave,
A sa prédiction n'apportant plus d'entrave,
Et parlant à Marie, ajouta : « Cet Enfant
« Parviendra par la mort à son but triomphant. »

A ce coup imprévu qui, menaçant et sombre,
Un moment inonda la Vierge de son ombre,
Marie, à son grand choc, résista violemment
Et commanda silence à son vrai sentiment,

Car elle répondit, dans sa grâce parfaite :
« Que votre volonté, Seigneur, en tout soit faite..... »

Ne pouvant pénétrer dans la dernière cour
Qui, du Temple si vaste, achevait le pourtour,
La Vierge, sans chercher un subtile prétexte,
Suivit l'ordre établi, prescrit par un saint texte;
Tous ses droits à Joseph furent abandonnés,
Et pour lui seul s'ouvrit l'enclos des nouveaux-nés;
Il présenta Jésus sans qu'une répugnance
Des Pontifes sacrés agitât l'assistance.

L'Enfant fut accueilli malgré sa pauvreté
Sous le pressentiment de sa Divinité.
Le prêtre, avec transport, fidèle à son office,
Reçut les tourtereaux offerts en sacrifice;
Il monta les degrés de l'autel..... et leur sang
Coula comme une offrande au Dieu juste et puissant.

Quand Joseph et Marie eurent la certitude
De s'être conformés à la sainte habitude,
Tous deux vers Nazareth dirigèrent leurs pas,
En redisant : « Mon Dieu ! ne nous délaissez pas ! »

XII.

LA FUITE EN ÉGYPTE

Il n'avait pas plus tôt revu la Galilée,
Qu'une crainte en Joseph fut bientôt éveillée ;
Un ange du Seigneur vint, pendant son sommeil,
Lui transmettre l'avis d'un crime sans pareil.
L'ange lui dit : « Fuyez, et dans une autre ville,
« D'un abri protecteur allez chercher l'asile.

« Hérode impitoyable, inquiet sur son sort,
« Veut atteindre Jésus pour le frapper de mort..... »
Un imminent danger fait naître un grand courage;
Joseph, du Roi cruel voulant tromper la rage,
Crut devoir à Marie, avec empressement,
Confier, plein d'effroi, cet avertissement.
« Sans attendre le jour, fuyons.... fuyons...., dit elle,
« Rester ici serait se rendre criminelle;
« L'Esprit-Saint a parlé..... Cherchons un ciel nouveau,
« Où pourra, de mon Fils, reposer le berceau.
« Partons..... Sur nous bientôt de sa clarté première
« L'aube du jour naissant répandra la lumière;
« Jusque-là nous prierons et Dieu nous entendra,
« Pour fuir loin d'un tyran, il nous protégera..... »
Joseph n'hésita pas..... Dans sa grave pensée,
La vision du Ciel s'était par trop placée,
Et, bien qu'on se trouvât dans la sombre saison,
Où le pays se ferme et n'a plus d'horizon,
Il n'en fallait pas moins d'une ardeur diligente,
Fuir..... Pour les voyageurs la fuite était urgente.

Déjà Joseph était effrayé des dangers
Qu'il allait rencontrer sur des bords étrangers ;
A lui tous les tourments du pauvre prolétaire,
Aux embûches d'un Roi cherchant à se soustraire.
Ainsi que lui, Marie, entrevoyant son sort,
Était pâle et muette, hélas! comme la mort ;
Tout son sang de terreur se glaçait dans ses veines,
Son tendre cœur de mère avait prévu ses peines ;
Ils partirent pourtant..... Pour plus de sûreté,
Ils prirent un chemin rocheux mais écarté,
Se livrant au repos dans les grottes profondes
Où couchaient des brigands les cohortes immondes,
De leurs assassinats désolant le pays,
Dans les excès du vice en absorbant le prix.
Déjà mille périls avaient, par leur présence,
Des pieux voyageurs menacé l'existence,
Ils en étaient réduits, presque au manque de pain
Ils subissaient le froid, ils souffraient de la faim,
Quand touchant Anathot, au coin d'une ravine,
Par des hommes armés et de mauvaise mine,

Ils furent arrêtés, eux, pauvres voyageurs,
Sans le moindre secours pour calmer leurs frayeurs ;
Mais soit que le brigand qui porta la parole
Vît le front de Jésus ceint de son auréole,
Soit qu'il eût reconnu que sa perversité
N'avait rien à régler avec leur pauvreté,
Lui, pour qui le pillage avait toujours du charme,
Se sentit tout ému près d'un vieillard sans arme ;
Il abaissa sa lance, il suspendit ses coups,
Une affable bonté remplaça son courroux.
Ils sont pauvres, se dit le brigand à lui-même,
Ils voyagent de nuit par un besoin extrême.
Loin de les dépouiller, avec urbanité
Donnons-leur, pour la nuit, notre hospitalité.

Le gîte des bandits était la forteresse,
A l'angle d'un rocher construite avec adresse.
D'accepter cependant, le vieillard s'empressa,
Le reste de la nuit très calme s'y passa :

Mais le couple prudent, même avant que l'aurore
Eût atteint l'horizon que sa pourpre colore,
De quitter ce logis s'était fait un devoir
Afin que dans sa fuite on ne pût pas le voir.
Il reprit son chemin par des routes nouvelles :
Lorsque au milieu du jour, un tapis d'immortelles
Et de mille autres fleurs, aux abords de Ramla,
Comme un vrai Paradis pour eux se dévoila ;
Les chaleurs de l'été qui régnaient dans la plaine
D'un parfum balsamique avaient la douce haleine ;
Les oiseaux gazouillaient sous les rameaux touffus
Où leurs nids pleins d'amour se voyaient suspendus,
Et le bruit incessant d'une source bien pure
Enchantait ce séjour de son léger murmure.
Ce fut là que Jésus un moment sommeilla
Et que l'œil vigilant de Dieu sur lui veilla.....

Après un court repos, Joseph dit à Marie :
« Ne tardons pas, gagnons les côtes de Syrie,

« De nous trois éloignons les plus pressans dangers,
« Le calme n'est pour nous qu'en des lieux étrangers. »
Ils savaient à Gaza trouver la caravane
Se livrant au trafic de son métier profane;
Mais ils pensaient pouvoir, sans blesser leur fierté,
D'un passage gratuit subir la charité.
A partir de ce lieu, tout changea de nature,
On ne rencontrait plus ni fraîcheur, ni verdure,
Rien qu'un vaste désert, d'un aspect désolé,
Recouvert par des flots de sable amoncelé.
Sous un ciel enflammé, quelques maigres bruyères
S'étalant pauvrement sur des monceaux de pierres;
Le simoun desséchant un sol déjà sans eau
Et seulement foulé par le pas du chameau.
Quelquefois, au milieu de la plaine si nue,
Un espoir consolant descendait de la nue:
Un grand lac clair et bleu paraissait, au lointain,
Réfléchir dans ses eaux l'azur d'un ciel serein:
Un cri de joie alors accueillait le mirage
Que le démon bientôt effaçait de la plage.

Une autre illusion, commune en ces pays,
Souvent des voyageurs agitait les esprits :
Des arabes, couverts de leurs abbas blanchâtres,
Se croisant à cheval sur d'immenses théâtres,
Semblaient dans leurs ébats, prompts comme des éclairs,
Aussi grands que des tours, se mouvoir dans les airs.
La Vierge tressaillait, et toujours de sa crainte
Son enfant recevait la maternelle étreinte ;
Elle croyait pouvoir l'affranchir de frayeur
En le pressant, hélas ! fortement sur son cœur.

A l'approche du soir, la troupe haletante
S'arrêtait pour dormir sous une même tente,
Les chants des chameliers cessaient, et le repos
Sur tous les passagers répandait ses pavots !
Après un long chemin, on toucha la lisière
De l'antique berceau d'où provient la lumière,
Et d'Héliopolis les nombreuses splendeurs
Vinrent frapper d'éclat les yeux des voyageurs.

Ses temples fastueux, ses hautes pyramides,
Son fleuve élargissant ses parages humides
Pour offrir, au pays, avec égalité,
Le généreux tribut de sa fertilité :
Tout semblait en ce lieu magnifique et prospère.
Le bon Joseph, fidèle à ses devoirs de père,
Charmé, mais non séduit, d'un aspect sans pareil,
Ne fit que traverser la ville du soleil,
Et vers Matarieh, joli petit village,
S'en alla découvrir un salutaire ombrage.
Là, le frais sycomore prodiguant ses berceaux,
Prête un paisible abri formé par ses rameaux,
Et, pour tout le pays, la fontaine d'eau douce
S'alimentait sans bruit sous une verte mousse.
La famille, avant tout, dans un exil réel
Voulait parer le coup d'Hérode le cruel.
Ce tyran qu'à dessein avaient trompé les Mages,
Ne savait plus comment conjurer ses présages ;
Pour le mieux protéger, son esprit infernal
En fit l'ordonnateur d'un meurtre général.....

C'était le seul moyen qui, dans sa barbarie,
Lui permit de frapper jusqu'au Fils de Marie.
Le monstre s'inspira d'un sanguinaire effort,
Des enfants de deux ans, il promulgua la mort !!!

Ce fut dans Bethléem et dans tout le royaume,
Sous le toit du palais, comme sous l'humble chaume,
Un effroi général..... Dans ses vives douleurs,
La mère au sang du fils mêlait en vain ses pleurs ;
Ses angoisses, ses cris, bien qu'ils fussent sans trève,
Des bourreaux endurcis n'arrêtaient point le glaive :
Ils immolaient partout..... Hérode triomphant
Croyait avoir ainsi détruit l'auguste Enfant ;
Il s'en réjouissait au milieu de ses crimes,
Et d'un œil satisfait contemplait ses victimes.

Non, Héliopolis n'était pas la cité
Où Marie avait droit à la tranquillité ;

Bien qu'elle eût pourtant fait deux parts à sa misère,
L'une pour le travail, l'autre pour la prière.
Souvent l'Enfant Jésus, excité par la faim,
Au plus fort de ses pleurs, lui demandait du pain;
La Vierge, au désespoir, écoutant ses alarmes,
Lui répondait, alors, par ses brûlantes larmes.
Sept ans ainsi passés sur le sol étranger
Ramenaient à chaque heure un tourment, un danger,
Quand l'Ange du Seigneur vint, au milieu d'un rêve,
A l'exil des époux apporter une trêve :
« Hérode est décédé, dit l'Ange..... Archélaüs
« Règne sur la Judée et le tyran n'est plus! »

XIII.

RETOUR D'ÉGYPTE.

L'exil fut bien amer..... Comme le Ciel envoie,
Après de longs malheurs, un grand sujet de joie,
L'avis consolateur de leur repatriment,
Parvint aux deux époux dans leur éloignement.
Hérode n'étant plus, au foyer de son père,
Joseph pouvait reprendre un destin plus prospère,
Y vivre heureux et calme, en un cercle des siens,
D'un travail modéré retrouvant tous les biens.

Le pain de l'étranger, ainsi que de coutume,
Avait rempli sa bouche et son cœur d'amertume;
Loin du pays natal, le murmurant ruisseau
Ne lui rappelait plus les charmes du berceau :
Les oiseaux réunis, phalange harmonieuse,
Avaient perdu pour lui leur voix mélodieuse;
Le jour n'éclairait plus les sites pleins d'attraits
Sous un profond chagrin disparus à jamais.....

Enfin, de Chanaan pour regagner la terre,
La famille aussitôt, dans un profond mystère,
Abandonna l'Egypte et, sous un Ciel heureux,
Revint avec bonheur au milieu des Hébreux.
La famille éprouvée, après sept ans d'absence,
Fut l'objet recherché d'une rare affluence :
Les parents, les amis, au-devant d'eux venus,
Sur le seuil du logis les avaient prévenus.
Mais, bien que ce retour partout semât la joie,
A des regrets amers le couple était en proie,

Car leur propre maison, tombant de vétusté,
Semblait leur refuser son hospitalité.
Leur demeure aujourd'hui n'était plus habitable,
Tout dégradé, son toit était irréparable ;
Des herbes, des ajoncs en couvraient le rampant,
Signes révélateurs d'un abandon constant.
Le souffle des hivers avait sur la masure
Imprimé le cachet de sa sombre figure ;
Les ronces serpentant, d'un multiple contour,
Dessinaient leurs festons sur le sol de la cour.
Pour réparer les maux qu'avait faits leur absence,
Il fallait s'imposer une forte dépense,
Forcément se résoudre à l'acte solennel
D'un emprunt contracté sur le champ paternel.
Mais Jésus était là, souriant à sa tâche,
Aussi bien que Joseph, prêt à saisir la hache,
A courir avec lui les plus simples hameaux,
A s'adonner enfin aux plus rudes travaux.
Jésus réglait les siens aux efforts de son âge,
S'il manquait de vigueur, il avait du courage,

Et l'heureuse famille, avec un grand amour,
Se consolait en Dieu d'avoir le pain du jour.

Tous les trois ils vivaient, miraculeuses gerbes,
Comme un ruisseau perdu sous de tranquilles herbes,
C'est-à-dire en oubli des choses d'ici-bas,
Exempts de toute intrigue et de mondains débats,
Tout-à-fait étrangers aux discordes publiques,
Seulement occupés des faits évangéliques.
Jésus de tous partis saintement éloigné,
A son destin pieux se montrait résigné;
Il renfermait en lui des trésors de sagesse,
Il les offrait à tous avec force et largesse.
De ses enseignements les plus savants séduits
En sentaient s'amoindrir le calme de leurs nuits.
Ils trouvaient dans Jésus l'éloquente parole
Faite pour propager une divine école :
A chacun de ces mots un germe de vertu
Ramenait à l'espoir le courage abattu.

Ses prédications, ainsi que sa morale,
Tenant du merveilleux, n'avaient pas de rivale,
Et, comme un phare immense, éclairant l'avenir,
Montre au-devant de soi, la route à parcourir :
Jésus leur laissait voir de sa clarté féconde
Les rayons étendus pour le salut du monde.

Jésus était doué d'une âme à la hauteur
Des sentimens exquis d'un grand législateur.
Astreint, durant le jour, au travail de la vie,
Quand d'un rude labeur la tâche était finie,
Il s'en allait la nuit sous un ciel étoilé,
Conduit par le secret qui lui fut révélé.
Seul à seul avec Dieu, là nourrissant son âme
Des aspirations d'une divine flamme,
Il se purifiait et s'éloignait des biens,
Laissant apercevoir de profanes liens ;
Il apprenait ainsi, d'une vile matière,
A séparer l'or pur, que contient la prière.

La Vierge se gardait de mettre empêchement
A ce que son enfant cherchât l'isolement :
Elle avait en son cœur la foi la plus intime
Qu'il jetait hardîment la sonde dans l'abîme,
Et que, par ses leçons, le monde un jour instruit,
De ses divins efforts reconnaîtrait le fruit.
Jésus, dans son travail, comme un esprit suprême,
Sentait tout l'avenir existant en lui-même ;
Il contemplait déjà d'un glorieux regard,
Les peuples pleins d'amour sous un même étendard.
Mais la Vierge éprouvait un frisson dans les veines ;
Comme un mal précurseur de ses futures peines,
Une voix lui disait : « Un jour ton Fils puissant
« Expiera sur la croix sa grandeur par le sang..... »

Alors, pour raffermir sa tendresse de mère
Et chasser le tourment né de sa crainte amère,
Elle allait sur son cœur étreindre son trésor,
Afin de s'assurer s'il existait encor.

A quelque temps de là, dans sa douzième année,
Jésus comprenant mieux sa haute destinée,
S'abandonnait aux siens qui, pour le temps pascal,
Se rendaient en prière au Temple sans égal.
Jésus se mêla donc au grand pélerinage,
Qui de Jérusalem entreprit le voyage ;
Parmi les pèlerins rien ne le distinguait,
Si ce n'est la douceur qu'à tous il prodiguait.
A le voir simplement vêtu de sa tunique,
Avec ses longs cheveux, couleur de bronze antique,
Séparés sur son front et tombant sur son cou,
Comme un effet sans art de grâce et de bon goût,
On l'eût pris pour David, au jour où le prophète
Accueillait le grand Roi, pour consacrer sa tête ;
Sa démarche empruntait de son humilité
L'éclat révélateur de sa divinité ;
Mais il avait dans l'œil bien plus de poésie,
Et son regard déjà trahissait le Messie.
Il marchait au milieu de ses jeunes parents,
Sans rendre aucunement ses desseins apparents ;

Éclairé cependant par les uns et les autres,
Il avait en secret fait choix de ses apôtres.

On approchait du jour où sa divinité
Devait se révéler comme une vérité,
Où, serviteurs zélés, ses douze satellites
Combattraient sans repos les races hypocrites.
Tous les Galiléens se doutaient peu qu'un jour
Ils auraient pour Jésus un cœur brûlant d'amour,
Et que de ses vertus, dans leur marche féconde,
Ses apôtres iraient rajeûnissant le monde.

Le temps pascal fini, les pieux voyageurs
Reprirent en chantant la route des labeurs :
Chacun était heureux par des soins légitimes,
D'avoir su mériter sa part des pains azymes.
Au premier des repos commandés par le soir,
Où le sommeil promet un beau jour à revoir,

Joseph chercha Jésus dans la troupe arrêtée,
Celui dont la science était déjà citée.
Ne l'apercevant plus, inquiet sur son sort
Il eut quelques instans la crainte de sa mort.
« Le Fils de Dieu, » criait l'époux sexagénaire,
« Mon Fils..... Rendez-le-moi, » disait la tendre mère, »
Et les deux saints époux, attérés à la fois,
Avaient pour attendrir des larmes dans la voix.

Après avoir, deux jours, dans d'horribtes supplices,
Interrogé les monts, les bois, les précipices,
Comme des insensés poussés dans leur chemin,
Par les efforts puissants d'une invisible main,
Il leur vint à l'esprit de reprendre la route
A leurs cœurs ulcérés offrant encore un doute,
Et, vers Jérusalem accélérant leurs pas,
Ils se disaient : « Courons..... ne nous arrêtons pas. »
C'était là que, debout sous le parvis du Temple,
Jésus offrait à tous un grand et saint exemple

Autour de lui rangés, les docteurs de la loi
Ecoutaient gravement ses principes de foi.

En retrouvant son Fils, la bonne et tendre Mère,
En vain voulut, hélas! montrer de la colère :
Un élan de bonté dans son cœur pénétra
Et le courroux soudain sur sa lèvre expira.

« Pourquoi me cherchez-vous, dit Jésus ; à cette heure
« J'étais, vous le voyez, dans la sainte demeure.
« Car, mon père, en avait de la sorte ordonné :
« A le servir en tout je suis prédestiné. »

Les deux époux frappés virent dans sa réponse
Du Messie à venir la prophétique annonce.

XIV.

MARIE AUX PRÉDICATIONS DE JÉSUS.

Lorsqu'il nous est donné de fouiller les débris
Présentés par le temps à nos regards surpris,
Nous trouvons opposés deux mondes dans l'histoire....
L'un a prêché l'erreur, l'autre a prédit la gloire;
L'un a nié le Christ, et l'autre a dit : Je crois.....
La vérité nous vient du côté de la croix!
L'âge primordial, dans sa décrépitude,
Reste comme un objet de curieuse étude;

Il n'a plus aujourd'hui la grande autorité
Qui nous le transmettait pour une vérité ;
L'erreur n'apparaît plus comme une foi sincère,
On ne se méprend pas sur son faux caractère.
Les peuples, autrefois, outrageaient leur raison
En lui donnant pour borne un étroit horizon :
L'Arabe et le Gaulois, sous le poids de leur chaîne,
Adoraient follement l'acacia, le chêne.
L'Indou, race cruelle, avec férocité,
Faisait choix de la mort pour sa divinité ;
A *Sactis* il offrait des victimes humaines,
Divinisait le Gange et ses ondes malsaines.
L'Égyptien, plus doux, appliquait ses vertus
Au culte inoffensif de l'*ail* et du *lotus*.
L'Américain plaçait ses spacieux rivages
Sous l'invocation du tigre et des orages.
Les Grecs et les Romains, jusques dans leurs maisons,
Comme Dieux protecteurs admettaient les démons.
La Judée elle-même, atteinte par les vices,
D'un état dépravé ressentait les prémices ;

On voyait, chaque jour, les dogmes principaux
De sa religion abaisser les niveaux.
Les Rabbins se croyaient l'impunité permise,
Leur parole offensait la chaire de Moïse.
Au milieu de ces faits, dans un désordre affreux,
On pouvait redouter la chute des Hébreux ;
Mais la raison surgit, et la philosophie
Dit enfin à l'erreur..... Va-t'en...... Je te défie :
C'était le christianisme, arborant son drapeau,
Et donnant le signal d'un monde tout nouveau !

A dater de ce jour, une race nouvelle,
Se groupa près du Christ avec amour et zèle ;
Dans la piscine sainte elle avait effacé
Par un vrai repentir ses taches du passé.
La charité, dès-lors, s'éleva sur le trône,
Son front compâtissant ceignit une couronne,
Et le Fils de Marie, en élevant la croix,
Entendit l'Univers lui répondre : Je crois....

Nazareth fut le lieu préféré d'où la source,
Abondante en bienfaits, devait prendre sa course;
A son point de départ elle était goutte d'eau,
Trop faible pour calmer la soif d'un passereau :
Quand elle fut du sol seulement incubée,
Un rayon de soleil l'aurait tout absorbée,
Mais depuis, sans limite, élargissant ses flancs,
Elle est grande aujourd'hui comme les Océans,
Et dans l'immensité de son effort sublime,
De l'irréligion elle a comblé l'abîme.

Jésus, dans les douceurs de son état privé,
Par sa mère avec soin se voyait élevé;
Ils vivaient sans songer aux biens de la fortune,
Nulle règle pour eux n'existait importune;
Le luxe et son cortége, éloignés de chez eux,
Ne les empêchaient pas de se trouver heureux;
Jamais un mouvement de colère ou d'envie
Ne venait traverser le calme de leur vie.

L'orage, pour Marie, était dans le lointain,
Elle en doutait encor, mais il était certain.
Jésus, par trois fois saint, sage par excellence,
Grandissait chaque jour en pouvoir, en science;
Par sa perfection, par son humilité,
Il tempérait souvent Dieu lu-même irrité :
Il était le lien unissant, par nature,
Le Créateur divin à l'humble créature;
Sa parole inspirée, ainsi qu'un doux parfum,
Entrait profondément dans l'âme de chacun,
Comme le Ciel s'embaume, à l'aide d'un mystère,
De l'arôme des fleurs qui tiennent à la terre.

Jésus venait d'atteindre à l'éternel cadran
Vingt-neuf fois l'unité qui porte le nom d'an,
Quand l'ange de la mort, de sa faulx redoutable,
Vint frapper froidement un vieillard vénérable :
Joseph, le patriarche, avec calme et douceur,
S'endormit pour toujours dans la paix du Seigneur.....

Celui que l'Esprit-Saint avait nommé lui-même
L'émule d'Abraham et le juste suprême.
Entre sa chaste épouse et son fils bien-aimé,
On plaça de Joseph le corps inanimé,
Puis après, dans le sol pratiquant une fouille,
On y fit du vieillard descendre la dépouille.
Les lamentations des siens, de ses amis,
Furent l'unique faste à la douleur permis.
Un Nabab de Juda, dans sa magnificence,
Aurait sur son cercueil montré son opulence;
Mais le pauvre Joseph, de ce monde abattu,
Pour luxe à son décès n'avait que sa vertu;
Pour le rendre à jamais cent fois plus que célèbre,
Le fils de Dieu pleura sur sa couche funèbre :
L'honnête charpentier, sorti du sang d'un Roi,
N'eut que la pauvreté pour gloire à son convoi.

Le temps était venu de prêcher l'Évangile,
De saper dans sa base un pouvoir trop fragile.

Jésus, qui se disait le Pontife certain
Du culte qu'il allait proclamer au Jourdain,
Dut avec sa compagne avoir une entrevue
Pleine d'amers regrets et de douleur prévue,
Il partait pauvre, hélas! et tremblante pour lui,
Sa mère aurait voulu le suivre comme appui.
Mais Jésus possédait, pour vaincre les obstacles,
La jeunesse et la force et le don des miracles.
La Vierge n'avait, Elle, en ce triste moment,
Que d'un profond chagrin l'affreux pressentiment,
Quand son fils s'en allait au monde Judaïque
Affronter les dangers d'une lutte publique;
Elle connaissait bien l'orgueil des Pharisiens,
Le fanatisme étroit de leurs haineux soutiens;
Le départ de Jésus lui semblait le prélude
Du coup qu'on réservait à sa béatitude.

En l'absence du Christ, Marie eut un beau jour.....
Et son cœur maternel en déborda d'amour.

Elle apprit que l'on vit, juste au moment suprême
Où tombait sur son fils l'eau sainte du baptême,
Une blanche colombe, éternelle faveur,
De ses ailes couvrir la tête du Sauveur.
Elle émanait du Ciel..... Une voix inconnue
A ce même moment vint déchirer la nue ;
Du céleste séjour, saint et fidèle écho,
Elle dit : « Saluez le Fils né du Très-Haut ! »
Marie en cela vit Dieu consacrant lui-même,
Par le concours de Jean, le bienfait du baptême.

Il quitta le Jourdain pour entrer au plus tôt
Dans les rudes sentiers des monts de Jéricho.
Là, comme un réprouvé, qu'auraient flétri ses crimes,
Il vécut retiré sur le bord des abîmes,
Ne cessant de prier pendant quarante jours,
Dans des lieux où l'oiseau trouve à peine un secours.
Après ce temps passé dans le jeûne sévère,
Jésus à Nazareth revint trouver sa mère,

Et ce fut pour la Vierge, à ce retour si cher,
Le souffle du printemps succédant à l'hiver.
Afin de célébrer un prochain mariage,
Et de se conformer au principal usage,
Des parents de *Cana*, vinrent en mission
Inviter mère et fils à la sainte union.
Avec contentement tous les deux acceptèrent,
Les amis invités nombreux les imitèrent,
Et par un beau matin, la troupe abandonna
Nazareth, pour se rendre aux noces de *Cana*.

Jésus voulant, sans être un sujet de contrainte,
Traiter le mariage en chose vraiment sainte,
Résolut qu'un miracle, au milieu du festin,
Frapperait les esprits de son pouvoir divin.
Il dit à des servants : « Les six urnes de pierre
« Que vous tenez au loin sous la fraîcheur du lierre,
« Placez-les sur la table et, jusqu'à leur goulot,
« Emplissez-les d'eau pure, à nos yeux aussitôt. »

L'ordre du Fils de Dieu, sans perdre une seconde,
S'accomplit dans la salle, au vu de tout le monde,
Et Jésus, élevant son regard vers les Cieux,
Changea l'eau de chaque urne en vin délicieux !

Ce miracle achevé, soudain, dans l'assistance,
La foi du merveilleux prit de la consistance ;
Sur le front de Jésus, brillant de majesté,
Chacun perçut le sceau de sa divinité.

Jésus ne voulait pas à ce premier prodige
Borner l'éclat réel de son puissant prestige :
Par lui, les éléments, dans les airs déchaînés,
Étaient ou suspendus ou parfois entraînés ;
A sa voix se calmaient les souffrances humaines ;
Des âmes en péril il dissipait les peines ;
Aux morts, qu'il arrachait du fond de leurs tombeaux,
Il rendait l'existence et les jours les plus beaux ;

Les démons refoulés dans leur sombre royaume,
Cessaient d'épouvanter le pauvre sous le chaume :
Tous les maux ici-bas étaient enfin bannis
Du sol qu'il comprimait de ses deux pieds bénis.

Le peuple, qui toujours sainement apprécie,
De ses ovations soutenait le Messie.
On accourait vers lui de Sidon et de Tyr
Réclamer humblement les moyens de guérir.
La foule s'attroupait partout sur son passage,
Baisait ses vêtements, le proclamait très sage,
Et dans un saint amour, prompte à s'abandonner,
Lui demandait les biens qu'un Dieu seul peut donner.

Les grands traitaient ces faits de pure idolâtrie,
Ils redoutaient Jésus et méprisaient Marie.
Jésus remettait-il à quelqu'un ses péchés,
C'étaient autant de faux, de blasphême entachés ;

En vain guérissait-il d'incurables souffrances,
C'était impiété, trompeuses apparences;
Prêchait-il le pardon, l'oubli, la charité,
Chacun contre Jésus s'en montrait irrité,
Et les Hérodiens, insultant sa personne,
L'accusaient de mentir et de prétendre au trône.
Malgré tout, au milieu d'un peuple d'auditeurs,
Jésus, guidé par Dieu, domptait les délateurs.
Un jour, près de la mer, on en fit la remarque,
Pour lieu d'enseignement, il choisit une barque;
La Vierge aurait voulu que tous les gens présents
Détournassent Jésus de ses enchantements;
Mais les Nazaréens, dans un profond silence,
Après avoir du Christ entendu l'éloquence,
N'en restèrent pas moins, présentant le tableau
De loups qui par la faim poursuivent un agneau.

A peu près vers ce temps, comme l'indique Euthime,
Rapprochés par leurs vœux et dans un but intime,

Les apôtres, la Vierge et Jésus, un matin,
Au lever du soleil, gagnèrent le Jourdain.
De ce fleuve encaissé les rives magnifiques
Enchantaient les regards de leurs effets magiques ;
Les îles de verdure, et de fruits et de fleurs,
Émaillaient leurs massifs des plus vives couleurs.
La goutelette d'eau sur la feuille posée,
Paraissait une perle, œuvre de la rosée.
Les roseaux du Jourdain, où le tigre souvent
Se couchait mollement pour s'abriter du vent,
Ce jour-là se penchaient sous la brise légère,
Comme pour faire accueil à la Sainte étrangère ;
La nature semblait avoir fait des apprêts
Pour seconder Jésus dans ses vastes projets.
Les ramiers roucoulaient, les blanches tourterelles
Allaient d'un arbre à l'autre en déployant leurs ailes ;
Les hérons bleus, dans l'air, d'un cri retentissant,
Animaient les échos qui répétaient leur chant.
Ce fut là, s'inspirant de l'usage suprême,
Que Jésus à sa mère octroya le baptême,

En attachant sur elle un regard plein d'amour,
Ainsi que le soleil envisage un beau jour,
Et sur le front béni de la Vierge sa mère
Sa main laissa tomber l'onde qui régénère !

A compter de ce jour, de suivre le Seigneur
La Vierge ressentit une invincible ardeur.
Une Juive à son sort s'attacha par saint zèle,
Elle était jeune et riche, elle était surtout belle ;
Mais de remords affreux son cœur épouvanté
Avait à racheter son immoralité.
Les désordres impurs avaient rempli sa vie,
D'un repentir amer elle était poursuivie :
Bien que le souvenir de ses folles amours
Empoisonnât ses nuits et désolât ses jours,
Comme le vent du Nord glace de son haleine,
Le trouble du remords desséchait Magdeleine,
Qui, pour reconquérir le calme et le bonheur,
Voulut se confier tout entière au Sauveur !

Ainsi jusques au sein de la cité fatale
Du cortége s'accrut la marche triomphale,
Au-devant de Jésus tout le peuple accourut
De ses saints hosannas lui porter le tribut;
Il fit retentir l'air, comme en un jour de fête,
Il jeta des rameaux sous les pas du prophète,
Et, dans Jérusalem, jamais ovation
N'eut si splendidement sa consécration.

La Vierge, ne pouvant surmonter ses alarmes,
Était la seule en proie à de brûlantes alarmes.

XV.

MARIE AU CALVAIRE.

Les palmes des Hébreux jonchaient encor le sol
Par Jésus parcouru, comme l'aigle en son vol;
Le bruit d'un grand triomphe avait rempli l'espace,
Et dans l'air ébranlé reproduisait sa trace,
Lorsque Jérusalem, s'émouvant tout-à-coup,
Comme au sein d'un péril, se retrouva debout :
Prêtres et sénateurs, hommes d'armes et Princes
Répandirent l'effroi jusques dans les provinces;

Leur pouvoir décréta qu'un profond scélérat,
Par son ambition compromettait l'État ;
Qu'il devenait urgent d'arrêter sa personne,
De punir son forfait pour sauver la couronne.
Cet avis parvenu jusqu'au mont *Moria*,
En excita la garde et la terrifia.
N'ayant qu'un seul moyen de calmer leurs alarmes,
Capitaine et soldats recoururent aux armes,
Et de saisir Jésus ayant conçu l'espoir,
Du temple tous armés descendirent un soir.
Les grands se confondaient avec les subalternes :
Ils suivaient pas à pas la lueur des lanternes
Et des torches en feu, dont l'amas résineux
Éclairait faiblement un ravin ténébreux.
A leur tête marchait Judas l'Iscariote,
Sous des dehors trompeurs feignant le patriote.
Bientôt la troupe en masse eut gagné le Cédron,
A l'endroit où survit l'histoire d'Absalon.
De là, comme un serpent, Judas bondit en traître
Au mont des oliviers, où séjournait son maître.

L'indigne apôtre avait, dans sa témérité,
Une avarice égale à son iniquité :
Trente sicles d'argent, reçus pour son salaire,
Firent d'un serviteur un farouche sicaire ....

Après avoir prié long-temps, avec ferveur,
La face contre terre et la foi dans le cœur,
Le Christ se releva l'âme plus affermie,
Du calice voulant boire jusqu'à la lie ;
Il leva ses grands yeux, brillants malgré la nuit,
Vers les étoiles d'or au ciel marquant minuit.
La lune, dans son plein, étalant sa beauté,
Sur le pays versait sa nappe de clarté,
Et sur un sombre bleu, des voisines montagnes
Se montraient les contours dessinant les campagnes.
La brise répandait, au loin dans les chemins,
Pris à Jérusalem, l'arôme des jardins ;
Et la cité des Juifs, gigantesque dans l'ombre,
Se montrait par endroits ou lumineuse ou sombre.

Par respect, tant soit peu de leur maître écartés,
Deux apôtres zélés dormaient à ses côtés.
« Levez-vous, dit Jésus, car le moment approche :
« Qui vient pour me trahir de ces lieux est tout proche.....
A peine eut-il fini de prononcer ces mots,
Que l'infâme Judas, promoteur des complots,
De deux pas en avant précédant son cortége,
Conçut l'affreux dessein d'un baiser sacrilége;
Il osa s'avancer, et bravant tout refus,
Couvert d'ignominie, il embrassa Jésus.....
Ce baiser d'apostat est voué dans l'histoire
A la célébrité d'une indigne mémoire.

Jésus fut garotté, comme un vil criminel
Qu'on livre avec délice à des coups sans appel.
Ben-Céphas furieux, seul dans cette épopée,
En faveur de Jésus osa tirer l'épée!
Et justement guidé par un élan vengeur,
Il allait en frapper un soldat droit au cœur.

Jésus, dans cet instant, calme et sans rien attendre,
Arrêta le seul bras levé pour le défendre ;
Il dit : « Modérez-vous, Pierre, et n'insistez pas,
« Le sang de mon prochain entâcherait mes pas ;
« Dans toutes ses rigueurs que mon sort s'accomplisse,
« Laissez de Dieu, mon père, éclater la justice.....
Puis reprenant la route où les murs de Sion
Se trouvent arrosés par les eaux du Cédron,
Sur le bord en granit qui marque son enceinte,
De ses pieds en passant Jésus laissa l'empreinte.
Ses gardes, ou plutôt ses vigilants bourreaux
Cherchaient à l'abreuver de supplices nouveaux ;
Ils n'avaient nul égard pour la sainte victime
Qu'en leur débordement ils accusaient d'un crime ;
Et dans Jérusalem, chez Caïphe amené,
A mourir sur la Croix Jésus fut condamné ! ! !

Le lendemain, traîné par une race ingrate,
Jusque dans le prétoire où séjournait Pilate,

Le Fils de Dieu, contrit, entendit l'accuser
D'avoir trahi le peuple, afin d'en abuser ;
D'avoir trompé César en prêchant la doctrine
Que son tribut avait une injuste origine ;
Et d'avoir pris, enfin, au mépris de la loi,
Le titre de Prophète et le titre de Roi !

Devant de tels méfaits, fort de son innocence,
Le Christ se montra ferme et garda le silence ;
Mais les Pharisiens, par un secret effort,
Entraînèrent le peuple à demander sa mort,
Et Pilate, ébranlé par les cris de la foule,
Comme un nocher troublé craignant le flot qui roule,
Par calcul ou faiblesse, aux fureurs des Romains
Livra Jésus, disant : « Je m'en lave les mains. »
Après quoi, recherchant des bravos déïcides,
Il le fit flageller par des bras intrépides,
Et le jeta saignant aux insultes de ceux
Qui, pour être cruels, se croyaient courageux.

Quand Jésus fut rendu dans la cour du prétoire,
Où d'atroces fureurs les murs disaient l'histoire,
Chacun s'ingénia pour trouver un tourment
De nature à prouver son cruel sentiment.

C'était juste le temps où les branches sanguines,
Du *Rahmnus* dangereux se garnissent d'épines :
Un soldat s'empressa, barbare en son affront,
D'en poser à Jésus une couronne au front,
Puis d'un haillon de pourpre affublant ses épaules,
Il en fit un objet d'insultantes paroles ;
Pour sceptre, dans la main il lui mit un roseau,
Railleuse royauté qu'octroyait un bourreau.
Tout le corps de Jésus n'était plus qu'une plaie,
Comme s'il eût été traîné sur une claie ;
Les lambeaux de sa chair, imprégnés d'un sang noir,
Signes de cruautés, partout se laissaient voir :
Le prince, le docteur, le pharisien, le prêtre,
D'un spectacle hideux rassasiaient leur être.

Quand ils crurent Jésus sous leurs coups atterré
Au point de s'arrêter dans son chemin sacré,
Pour combler leur espoir atrocement sévère,
Ils se dirent : Marchons..... et marchons au Calvaire.
Jésus, dans ce trajet long et rude à la fois,
Fut encore accablé du fardeau de sa croix.
Chacun des meurtriers conservant le silence,
Le frappait jusqu'au sang par le fer de sa lance,
Afin de l'exciter à gravir les coteaux,
Où la mort seule allait mettre un terme à ses maux.

Du peuple, sur les lieux, les masses accourues
Encombraient de leurs flots les places et les rues :
En deux camps divisés, les nombreux spectateurs
Étaient ses ennemis ou ses froids protecteurs ;
Les uns, se prévalant d'une rigueur extrême,
Sur le fils de David répandaient l'anathême ;
Les autres, contemplant le prophète trahi,
Voyaient de mille maux l'avenir envahi :

Les bons pleuraient tout bas, les méchants au contraire,
Déchaînaient à plaisir leur instinct sanguinaire;
Ceux qu'avec ses cinq pains il nourrit au désert,
Ceux qu'il avait guéris d'un long tourment souffert,
Ceux qu'il avait aimés..... Aucun, dans sa justice,
Ne se mit en devoir d'empêcher son supplice :
Ses apôtres aussi, sans la moindre pitié,
L'avaient, dans son péril, lâchement renié,
Si ce n'est que l'un d'eux, animé par son zèle,
Impuissant mais hardi, lui demeura fidèle.

Alors qu'il descendait le pénible sentier,
Où le poids de sa croix l'affaissait tout entier,
Une femme apparut remarquablement belle,
Attirant forcément tous les regards sur elle.
Type de dévouement, dans sa forte douleur,
Son âme s'exprimait rien que par sa pâleur;
Ses traits, bien qu'altérés, avaient gardé des charmes,
Ses yeux s'étaient rougis de leurs dernières larmes.

Dans l'exaltation d'un convulsif transport,
En elle tout disait son mépris pour la mort.....
A force de combats livrés à sa tendresse,
La Vierge en vain voulut maîtriser sa faiblesse ;
A l'aspect de Jésus meurtri, couvert de sang,
Elle sentit soudain tout son corps fléchissant,
Et, comme si sa veine avait été tarie,
Sur le pavé, sans force, enfin tomba Marie.

Mais bientôt reprenant l'usage de ses sens,
Elle redevint forte, à tous les yeux présents ;
Rien qu'avec le secours d'un bras auxiliaire,
Elle se releva, monta sur le Calvaire,
Saintement résignée, elle attendit sans fiel,
Priant à deux genoux, la justice du Ciel.

Le cortége arriva sur la place fatale,
Où devait se produire un lugubre scandale ;

Jésus-Christ apparut sans les moindres lambeaux
Qui couvrissent sa chair déjà mise en morceaux.
L'instrument du supplice étendu sur la terre,
Réclamait son martyr qui, d'un coup-d'œil austère,
Contempla sans frémir les funèbres apprêts
Dans la foule évoquant d'impatients regrets.
Un grand bourdonnement couvrait toute la place,
Où se tenait debout l'affreuse populace.
Par ses éclats de rire et par ses cris railleurs,
Elle voulait du Christ aggraver les douleurs ;
Jésus, dans ce moment, invoquait Dieu son père :
« Malgré tant de rigueur c'est en vous que j'espère,
« Disait-il....., en mourant, j'obéis à vos lois.....
Et Jésus, plein d'amour, s'étendit sur la croix !

Dans un court intervalle où régnait le silence,
Un bruit se fit entendre et saisit l'affluence :
Pratiquant son métier, l'inflexible bourreau
Enclouait le Seigneur de son pesant marteau ;

Un second coup survint..... Les couches d'air brisées
Annonçaient qu'il tombait sur des chairs écrasées,
Car il était plus sourd..... Puis un troisième coup
Indiqua qu'il fallait dresser la croix debout ;
Et les cordes alors avec force raidies
Firent mouvoir soudain et crier les poulies.
Le travail accompli....., la croix se présenta
Comme un phare élevé sur le mont Golgotha,
Montrant des nations l'obscurité profonde
Et le Christ expirant pour les péchés du monde.....

La figure du Christ, en ce fatal moment,
Signe révélateur, regardait l'Occident
Qui, depuis bien long-temps, attendait la lumière
Et taxait de fléau sa cécité première.
Le peuple réprouvé, par des rugissements,
Exhalait, sans pudeur, ses mauvais sentiments ;
Mais Jésus conservant son divin caractère,
Répétait en mourant : « Pardonnez-leur, mon père,

« Leur colère envers moi ne peut être un affront,
« Vous lisez dans leurs cœurs.. . . . Savent-ils ce qu'ils font ? »

Assailli violemment de cruelles injures ,
D'outrages incessants et d'horribles tortures ,
Le Christ laissa tomber sur la Vierge un regard
Qui paraissait lui dire. . . . . « Allons plus de retard ,
« Que l'éclat du soleil soit couvert par la nue :
« D'un triomphe prochain l'heure est enfin venue. »
Et la Vierge crut voir passer devant ses yeux ,
Des gerbes de Jacob les rangs mystérieux ,
Aaron et Moïse , avec l'âme ravie ,
Envisageant la croix pour un arbre de vie ,
Pour l'arche d'alliance où le symbole hébreu
Allait enfin briller et cesser d'être un jou ;
David y déposant sa harpe prophétique ,
Près du fer d'Abraham et du serpent biblique ,
Le livre aux sceaux d'airain gisant au grand ouvert -
Comme un trésor pieux à jamais découvert ;

L'ancien monde fuyant ses arides rivages,
Comme des flots impurs chassés par les orages ;
L'avenir dégagé d'un voile ténébreux ;
Les humains transformés se protégeant entr'eux,
Toutes les nations dans un maintien docile,
Prêtes à recevoir les lois de l'Évangile,
Et des millions de voix qui, bravant le péril,
Criaient : « Il a vaincu, le Christ. . . . . béni soit-il. »

Le soleil, en deux parts, divisait la journée,
Et la moitié du jour à peine était sonnée ;
La nature voulant, dans un but éternel,
Donner à ce spectacle un aspect solennel,
Recourut promptement à ses moyens funèbres,
Et le Ciel étendit ses épaisses ténèbres.
Les aigles de leurs cris répondaient dans les airs
Au fracas de la foudre, et bravaient les éclairs ;
Sur les bords du Cédron les chacals en furie
Couraient comme des chiens atteints d'hydrophobie,

Et le peuple amassé, gagné par la frayeur,
Ne savait plus comment dissimuler sa peur.
Quelques scribes encor, dans un maintien placide,
Affichaient cependant un orgueil déïcide,
Injuriaient le Christ ; comme eux, les deux larrons
Sur lui versaient l'injure au milieu des jurons.

Jésus, près de toucher à son heure dernière,
Pour espoir et pour bien avait encor sa mère.
Au sort de celle-ci plus que jamais songeant,
Avant de succomber, il fit appeler Jean ;
Puis, au jeune pêcheur, natif de Bethzaïde, —
En qui Jésus savait un courage intrépide, —
Il dit : « Voilà ta mère .... accepte le présent
« Que mon amour te fait à mon dernier moment.
« Et vous, ajouta-t-il, ô vous ! que je vénère,
« O vous ! que je chéris, comme on chérit sa mère,
« Daignez me pardonner les maux que je vous fis.....
« Femme, je vais mourir..... que Jean soit votre fils..... »

Il dit encor : « J'ai soif..... » Comme un dernier outrage
Du vinaigre lui fut apporté pour breuvage :
A l'aide d'une éponge avec courage il but ,
Ne jeta plus qu'un cri..... devint froid..... et mourut ! ! !

On vit trembler soudain les idoles païennes ;
Le temps était passé des profanes antiennes.
Le soleil reparut , de ses rayons nouveaux
Il porta la chaleur jusqu'au fond des tombeaux.
L'étoile de Moïse , aux plus sombres vallées ,
Rapporta la clarté des voûtes étoilées.
L'Univers radieux dans son immensité
Salua le signal de la fraternité !
La terre s'ébranla , vingt cités de l'Asie
Durent leur fin subite à leur apostasie.
Le Temple déchiré sous de divins efforts
De son sol entr'ouvert laissa sortir les morts.
Le peuple convaincu d'une atroce bassesse ,
Couvrit le Golgotha de ses cris de détresse :

Il s'enfuit, ne sachant où diriger ses pas,
Frappé par la grandeur d'un solennel trépas.
Au milieu du désordre, une femme inspirée
Se dressa tout-à-coup, et sa lèvre sacrée
Pria pour son fils mort, sans éprouver d'effroi,
Comme si son enfant venait d'être élu Roi!

Quand le soir arriva, Magdeleine et Marie,
L'âme, dans ses combats, par la douleur flétrie,
Vinrent, à deux genoux, implorer le bourreau
Pour qu'il admît Jésus à l'honneur d'un tombeau.
Joseph d'Arimathie aux femmes éplorées
Accorda du Christ mort les chairs décolorées;
La Vierge d'un linceul entoura son enfant,
Descendu de la croix, inanimé, sanglant,
Tandis que Magdeleine, en ses saintes alarmes,
Répandait sur Jésus de corrosives larmes,
Et qu'en un roc épais on fouillait l'ouverture
Devant au fils de Dieu servir de sépulture.

XVI.

MORT DE MARIE.

Le calme renaissait et le courroux du Ciel
Semblait abandonner les enfants d'Israël.
Les Juifs, ainsi qu'un peuple affranchi des orages,
Se croyaient dépouillés de leurs instincts sauvages;
Ils craignaient que la terre, en entr'ouvrant ses flancs,
Ne les fît au Schéol descendre tout vivants;
Mais ce moment passé, reparurent leurs plaintes
A peine s'ils avaient souvenir de leurs craintes.

Cependant tout un peuple avait vu de ses yeux
Bien des faits accomplis tenant du merveilleux :
Il avait vu s'ouvrir les tombes bien fermées,
Les prédications de Jésus acclamées,
Les prodiges nombreux par ses soins répandus
N'étaient, pour leur raison, qu'autant de biens perdus.
Elle ne s'en trouvait nullement élargie,
Et Jésus se voyait accuser de magie.
Chacun méconnaissait son pouvoir filial,
Prenait le Fils de Dieu pour fils de Bélial......
Une garde pourtant, du grand-prêtre choisie,
Veillant près du tombeau, de trouble était saisie ;
Car le Christ avait dit : « Trois jours après ma mort
« Ma tombe s'ouvrira..... j'en sortirai plus fort...... »
En effet, par trois fois de ses couleurs vermeilles,
L'aurore, des soldats, avait compté les veilles,
Quand des femmes, cédant à leurs soins opportuns,
Pour embaumer Jésus portèrent des parfums.
Marie était au rang de ces femmes pieuses
Qui du sort de Jésus se montraient soucieuses.

La cité déïcide, après un grand festin,
Goûtait paisiblement le sommeil du matin;
La fleur par sa corolle absorbait la rosée
Que l'aurore, en naissant, sur elle avait posée.
Au-dessus du ruisseau, murmurant et limpide,
L'oiseau chantait perché sur une branche humide.
La nature avait pris un aspect éclatant,
Et le soleil montait à l'horizon brillant;
Quand, soudain sur le sol, une forte secousse,
Comme le choc d'un corps qu'un bras vigoureux pousse.
Renversa les soldats, qui, de garde au tombeau,
Furent épouvantés d'un prodige nouveau.

Un Ange, aux vêtements aussi blancs que la neige,
Leur dit : « Que cherchez-vous, vous que le doute assiége
« Femmes, venez donc voir, le Christ, en vérité,
« N'est plus dans son cercueil; il est ressuscité,
« Comme il l'avait prédit, recouvrant la lumière :
« Dieu l'a rendu vivant à sa gloire première...... »

En cet instant, Marie eut peine à contenir
Un bonheur dont une autre aurait bien pu mourir.

Pendant quarante jours, fréquemment aux Apôtres,
Alors qu'il se tenait caché pour tous les autres,
Le Seigneur se fit voir, et, dans le même lieu,
S'entretint avec eux du royaume de Dieu.
Il leur dit qu'ils devaient, selon la loi profonde,
En le catéchisant, régénérer le monde ;
Qu'ils devaient aux combats fermement résolus,
Répandre l'avant-goût du bonheur des élus.

Mais dans sa marche sainte, en tout réparatrice,
Le Christ avait acquis sa gloire rédemptrice ;
Sa résurrection, pleine d'autorité,
Ne laissait plus douter de sa divinité :
Il avait à soumettre aux lois de l'Évangile
Tous les peuples placés sous un sceptre fragile.

On touchait au milieu du quarantième jour :
Jésus, pour son prochain, toujours rempli d'amour,
Gravit, pour s'approcher de la sphère infinie,
Avec ses serviteurs, le mont de Béthanie.
C'était là que, souvent, priant avec ardeur,
Éloigné de la foule, on trouvait le Seigneur ;
Qu'il avait ressenti les premières atteintes
De la mort l'enchaînant à ses rudes étreintes ;
C'était là qu'il devait, d'un triomphe éclatant,
Goûter avec bonheur le charme consolant.
Lorsqu'il fut au sommet de la haute montagne,
Où dans l'immensité se perdait la campagne,
Il salua, d'un geste à jamais éternel,
Du pays agrandi le tableau solennel.
Il éleva ses mains sanglantes, traversées
Par les clous de la croix avec fureur percées ;
Il se fit un devoir, par un geste d'adieu,
D'indiquer qu'il allait abandonner ce lieu.
Dans un simple discours, sa voix retentissante
Proclama, dès ce jour, son Église naissante :

Sur un nuage blanc, visible à tous les yeux,
Le Sauveur se plaça, puis d'un air radieux,
Il monta vers le Ciel, en contemplant sa mère
Et bénissant tous ceux qu'il laissait sur la terre.

Ainsi s'accomplissait, dans cette vision,
Le grand drame émouvant de la Rédemption.
Des chants divins avaient accueilli la naissance
De Jésus ignoré, de Jésus sans puissance;
Les mêmes voix devaient, dans leur divinité,
Proclamer par leurs chants Jésus ressuscité.
Aussi, dans leurs coucerts, les célestes phalanges
Redirent ses bienfaits, chantèrent ses louanges!......
Deux hommes dont l'aspect annonçait les vertus,
D'un âge respectable et d'habits blancs vêtus,
Dirent en s'avançant : « Dans ce moment auguste,
« Pourquoi regardez-vous s'élever l'homme juste,
« L'Homme-Dieu..... S'il s'en va, n'ayez point de courroux,
« Car ce même Sauveur reviendra parmi vous! »

La Vierge accompagnait son fils d'un regard tendre,
A la droite de Dieu, elle le vit se rendre;
De son son œil attentif elle avait pénétré
Jusqu'au trône immortel du royaume sacré;
La lumière des saints, à tous inaccessible,
Pour elle par faveur fut un instant visible,
Et les portes du Ciel, sur son Fils, Dieu vainqueur,
Semblaient, en se fermant, avoir broyé son cœur.
Mais elle résista, pour couvrir de mystère
Le temps qui lui restait à passer en prière.

De la nouvelle Église, encore à son berceau,
Marie avec bonté se montrait le flambeau.
Au Golgotha sanglant, dans un jour de supplice,
Si l'on vit se coucher le soleil de justice,
Si l'on vit contre lui tout un peuple irrité,
Méconnaître ses droits et sa divinité,
L'étoile de la mer apparaissait encore
Formant de ses rayons une splendide aurore.

Les apôtres venaient, d'un saint zèle empressés,
Puiser de l'onction à ses malheurs passés,
Dans son humilité, douce et pleine de grâce,
Les pauvres auprès d'elle avaient toujours leur place,
Et jusqu'au jour horrible où, tremblants, les chrétiens
Persécntés, cachaient leurs personnes, leurs biens,
Jérusalem resta le séjour que Marie
Résolut de choisir pour terrestre patrie.
Mais son fils adoptif la força d'en sortir,
Et des troubles publics voulant la garantir,
Heureux, comme en un jour où la crainte s'apaise,
Sans le moindre retard, l'emmena dans Éphèse.
Magdeleine, à la suivre, aisément consentit
Et de Jérusalem également partit.
Les apôtres alors, mûs par leurs saintes flammes,
Propagèrent la foi pour le salut des âmes,
Et, dans un but pieux, supportant tous les maux,
Rien ne faisait fléchir leur zèle à leurs travaux.
Leur parole et leur foi, dans les cœurs en souffrance,
Comme un baume certain, apportaient l'espérance;

Le christianisme, en eux, avait de vrais soldats,
Par l'amour de la paix conduits dans les combats;
Chaque jour un triomphe ajoutait à leur gloire
Et laissait entrevoir pour terme la victoire.

Pendant qu'ils militaient ainsi, pour convertir
Les cœurs, bien qu'endurcis, ouverts au repentir;
Magdeleine et Marie, à l'ombre d'un platane,
Sur les bords Icariens, devenus leur savane,
D'un regard attristé, contemplaient sur la mer,
La galère emportant un souvenir bien cher.
Les neiges du Liban et ses cimes bleuâtres,
Les lieux, de leurs plaisirs chastes et purs théâtres,
Revenaient à leurs yeux, ainsi qu'autant d'objets
Dans leurs cœurs attendris, apportant des regrets.
Ce fut dans cet état, où la fièvre nous gagne,
Que la Vierge perdit sa fidèle compagne;
Magdeleine en mourut; la Vierge la pleura,
Comme le dernier bien dont Dieu la sépara;

Il ne lui restait plus pour nourrir sa tendresse,
Que son dévoué Jean, plein d'ardeur, de jeunesse,
Avide de répandre aux lieux les plus lointains,
La science devant éclairer les humains.
La Vierge, en s'inspirant des plus nobles courages,
Suivit avec bonheur Jean dans ses longs voyages;
Elle devint pour lui, dans un commun essor,
Comme le chandelier avec sept branches d'or :
La lumière impalpable et l'essence incréée,
Comme la loi du Christ, saintement agréée.

La Vierge entrevoyant qu'un avenir serein
Devait récompenser les semeurs du bon grain,
Et que l'Église, enfin, pouvait se passer d'elle,
Sans avoir à subir une chute nouvelle,
Comme la moissonneuse, en qui vient à propos
Le sentiment profond d'un trop juste repos,
Elle sollicita l'éternel héritage,
Qu'au Ciel, à ses élus, Dieu conserve en partage.

Et celui qui sondait tous les replis du cœur,
A sa mère envoya l'Ange révélateur,
Qui lui dit, répondant à sa vive pensée :

« Vous monterez au Ciel, vous êtes exaucée ! »

L'Ange, dit-on, avant de partir d'ici-bas,
Lui révéla le jour, l'heure de son trépas.
La fille d'Abraham alors conçut l'idée,
Avant son dernier jour, de revoir la Judée,
De visiter les lieux où la mort du Seigneur
Avait semé la joie et porté la terreur;
De fouler de ses pas la terre encore empreinte
Du sang réparateur d'une victime sainte.
Et Jean qui n'avait pas de plus ferme plaisir,
De plus tendre souhait, que celui d'obéir,
Loin de traiter son vœu de simple fantaisie,
Dit à la Vierge : « Allons, retournons en Asie. »

A Milet, dans le port, rendez-vous des vaisseaux
Qui des mers de la Grèce alors couvraient les eaux,
Les voyageurs Hébreux, à bord d'une galère
Obtinrent d'être admis, sans le moindre salaire.
Ils touchèrent à Chio, dont le peuple long-temps
Eut l'usage odieux de trafiquer des gens,
Usage qu'en son cours barbare et mercantile,
Allait, en premier lieu, réformer l'Évangile.
Puis, ils virent Lesbos, poétique séjour,
Où la brise emportait au loin les chants d'amour;
L'île verte de Cos, thérapeutique étape
Aux malades ouverte, en honneur d'Esculape;
Delos, l'heureux berceau qui vit naître Apollon;
Rhodes, où Jupiter fut charmé par Junon.
En avançant vers Chypre, au milieu d'un nuage,
Un point noir se montra, comme un lointain rivage;
C'était le mont sacré, dès long-temps sur lequel
La mère du Sauveur possédait un autel,
Que le prophète Élie avait, en sa science,
A la Vierge élévé par sainte prévoyance

Le lendemain matin, dans le port de Sidon,
Les rameurs fatigués déposaient l'aviron,
Et de son cœur ému, la divine Marie,
En remerciant Dieu, saluait la Syrie.

Elle touchait au but qu'avait sa mission;
C'était pour y mourir qu'elle abordait Sion.
Près du palais ruineux des Princes de sa race,
Marie, avec transport, alla demander place.
Et Jean, de son côté, s'empressa d'avertir
Que bientôt d'ici-bas la Vierge allait sortir.
La fille de David, toujours pauvre, mais belle,
Aux ravages du temps semblait être rebelle,
Comme si le Seigneur protégeait sa beauté,
Pour consacrer ses droits à l'immortalité.

Grave profondément, et tant soit peu malade,
Elle fit d'un réduit sa chambre de parade;

Elle y laissa venir les Apôtres heureux
De retrouver Marie encore au milieu d'eux.
Assise sur un lit, de bien pauvre apparence,
Pour la dernière fois, elle tint conférence ;
Elle prit la parole, et par des mots touchants
Fit répandre des pleurs à tous les assistants.
Jean de son lourd manteau s'était couvert la tête,
Pierre était tout tremblant et la bouche muette,
Au moment où Marie, avec sublimité,
Épanchait de son cœur toute la charité.
Elle avait des accens, dans son effort suprême,
Propres à placer l'homme au-dessus de lui-même ;
Sa parole, empruntant un charme inspirateur,
Atteignit de l'effet la plus grande hauteur,
Et tous les assistants oubliaient que ce signe,
Miracle d'un moment, était le chant du cygne !

Elle eut comme une extase éternisant ce lieu,
Et mourut doucement, heureuse, au sein de Dieu !

La Vierge n'était plus..... Dans son rude passage,
La mort n'avait en rien altéré son visage ;
Au contraire, son teint légèrement vermeil
Ne semblait annoncer qu'un paisible sommeil.
Dès l'instant que sa fin cessa d'être douteuse,
On dit qu'une lumière, encor miraculeuse,
Pénétra dans la chambre, où tous les visiteurs
Se tenaient attristés et confondaient leurs pleurs.
Puis, au sein de la nuit, de funèbres cantiques
Parvinrent aux échos sur les places publiques,
Et les anges émus, avec des harpes d'or,
Par des accords plaintifs les prolongeaient encor.
Le lendemain, Marie, en véritable Reine,
Eut un convoi pompeux, comme une souveraine ;
Sur un lit, tout de fleurs, on déposa son corps ;
De sa triste maison assiégeant les abords,
La foule se pressait, pour savoir à quelle heure
On devait la conduire à sa sainte demeure.
Les flambeaux allumés, les parfums précieux,
Un lugubre cortége, aux rangs silencieux,

Des étoffes de prix , autour d'elles ajustées ,
Qu'elle n'aurait jamais de son vivant portées ,
Tout se réunissait dans un funèbre éclat ,
Pour la rendre avec pompe au lieu de Josaphat.
Un puissant orateur, s'inspirant de lui-même ,
De toutes les vertus lui fit un diadême ,
Éternel ornement, posé sur son tombeau
Pour rappeler à tous la Vierge , en tout son beau ,
Et dire : à l'Univers jusqu'en sa sépulture :
« Reconnaissez , mortels , sa divine nature ,
« En elle rien d'humain ne s'était allié,
« Le Ciel avait tout fait et tout glorifié ! ! ! »

FIN.

TABLE DES MATIÈRES.

Brest. — Imprimerie E. Anner.

www.ingramcontent.com/pod-product-compliance
Ingram Content Group UK Ltd.
Pitfield, Milton Keynes, MK11 3LW, UK
UKHW031901260826
14628UKWH00002B/913

9 782014 098280